suhrkamp taschenbuch 2247

Vom Ausgang eines Stierkampfs hängt das Schicksal einer kleinen Zeitung, die sich nur mühsam der großen Konkurrenz erwehren kann, ab, aber auch das Schicksal der Beziehung zwischen Tsugami, dem 37jährigen, verheirateten Redaktionschef der Zeitung, und Sakiko, seiner Freundin. Tsugamis Liebe zu ihr ist nicht brennende Leidenschaft, sie gleicht einem glimmenden, doch nie erlöschenden Docht. Tsugami ist selbst verzweifelt über die Kälte seines Herzens; der Rausch des Stierkampfs soll ihn stimulieren, zum endgültigen Ja, zum endgültigen Nein.

Yasushi Inoue wurde 1907 auf der japanischen Insel Hokkaido geboren. In Deutschland wurde er bekannt durch die im Suhrkamp Verlag erschienenen Prosabände *Das Jagdgewehr* (1964), *Die Eiswand* (1968), *Das Tempeldach* (1981) und den Gedichtband *Eroberungszüge* (1979). Für die Novelle *Der Stierkampf* erhielt er den höchsten japanischen Literaturpreis (den Akutagawa-Preis). Yasushi Inoue starb 1991 in Tokio.

Yasushi Inoue
Der Stierkampf

Aus dem Japanischen
von Oskar Benl

Suhrkamp

Umschlag: Hermann Michels
Illustration: Gap-Bae Chun

suhrkamp taschenbuch 2247
Erste Auflage dieser Ausgabe 1993

Druck: Ebner Ulm
Printed in Germany

1 2 3 4 5 6 – 98 97 96 95 94 93

Der Stierkampf

In der zweiten Hälfte Dezember gab die Neue-Osaka-Abendzeitung jeden Tag mit großen Lettern bekannt, daß vom zwanzigsten Januar des kommenden Jahres an drei volle Tage lang im Hanshin-Stadion Stierkämpfe veranstaltet werden sollten. Als die ersten Korrekturfahnen mit dieser Anzeige aus der Setzerei kamen, steckte sich Chefredakteur Tsugami ein Exemplar in die Tasche und ging mit Tashiro, den er in dem kalten Empfangsraum hatte warten lassen, auf die nachmittägliche Straße hinaus. Es war seit einigen Tagen ziemlich kalt geworden, und ein frostiger Dezemberwind wirbelte unruhig Staub auf.

»Oh, fertig?«

Mit diesen Worten nahm Tashiro den Korrekturabzug entgegen. Sein Gesicht belebte sich für einen Augenblick, aber es wurde gleich wieder ernst, und er sagte:

»Von jetzt ab gilt es also, die Reklametrommel zu rühren! Wir müssen mit aller Kraft den Erfolg herbeizwingen!«

Schnell dahingehend, faltete er den im Wind hin und her flatternden Korrekturabzug doppelt zusammen, stopfte ihn achtlos in die Tasche und fuhr fort:

»Da ist übrigens noch etwas, was ich gern mit Ihnen beredet hätte ...«

Müdigkeit kannte Tashiro offenbar nicht.

War eine Arbeit beendet, so wandte er sich ungesäumt der nächsten, einem neuen Ziel, zu. Es hatte, bis diese Ankündigung des Stierkampfes heute erschien, ungeheurer Anstrengungen bedurft, doch ihm war nicht die geringste Erschöpfung anzumerken.

»Ich möchte Sie etwas fragen! Hätten Sie nicht Lust, all die Stiere aufzukaufen, die Sie da nächstens miteinander kämpfen lassen? Einer kostet fünfzigtausend Yen. Bei zweiundzwanzig sind das eine Million einhunderttausend. Das ist spottbillig! Wenn Ihre Zeitung sie kauft, wäre das die einfachste Lösung; und ich bin überzeugt, daß die Stierzucht-Vereinigung der Stadt W damit einverstanden ist!«

Tashiro redete so hitzig auf ihn ein, als sei er aus dem fernen Shikoku eigens zu diesem Zwecke hergefahren. Man könne ja, meinte er, die zweiundzwanzig Stiere auch gleich wieder loswerden. Falls es einem nichts ausmache, das Geld noch eine Weile nicht zu nutzen, ließe sich der Kauf eine Weile hinauszögern, weil dann die Eigentümer vielleicht noch billiger verkauften. Es wäre jedenfalls unsinnig, die zweiundzwanzig Stiere, die man den weiten Weg von Shikoku bis hierher transportiert habe, mühselig wieder zurückzuschaffen, weil die Stierkämpfe vorüber seien. Man brauche die für 1 100 000 Yen erworbenen Stiere nur nach Osaka oder Kobe weiterzuveräußern, so ließen sich ohne weiteres 1,5 oder 1,6 Millionen Yen herausschlagen. Es sei zwar ein bißchen lästig, aber man könne, falls man die Tiere schlachte und zu Fleisch verarbeite, grob gerechnet mit Sicherheit einen Gesamterlös von zwei Millionen erwarten.

So schwatzte Tashiro; sein breitschultriger, kräftiger und mittelgroßer Körper war in einen schwarzen Ledermantel gehüllt, in der Hand hatte er eine Boston-Reisetasche aus etwas ältlich aussehendem, aber hartem und neuerdings als Kostbarkeit geltendem Krokodilleder. Sie gingen beide auf der wenig belebten, zur Midorisuji führenden Straße dahin, die ein von Brandbomben völlig zerstörtes Stadtviertel durchquerte. Da der entgegenwehende Wind ihm das Sprechen sehr erschwerte, war Tashiro ein wenig irritiert, blieb hin und wieder stehen und sah zu Tsugami auf, der größer war als er.

»Hm ...«, murmelte Tsugami und nickte, aber er verspürte nicht die mindeste Lust, auf diese Frage einzugehen. Für eine Zeitung mit einem Gründungskapital von 19 500 Yen war die Veranstaltung eines solchen Stierkampfes allein schon ein gewaltiges Unternehmen, das ihre Kräfte ohne Zweifel weit überstieg und ihre Existenz aufs Spiel setzte. Angesichts der finanziellen Situation des Blattes, das nur sehr mühsam die Veranstaltungskosten aufbringen konnte, war dieser Vorschlag, alle Stiere auch noch käuflich zu erwerben, ein verrücktes, ja geradezu schamloses Ansinnen. Seit die Zeitung mit einem Stab gegründet worden war, dem mehrere führende Persönlichkeiten der B-Zeitung, einer der zwei größten des Landes, angehörten, war ein Jahr vergangen, aber weil man in der gesamten typographischen Technik auf die Einrichtungen der B-Zeitung zurückgriff, wurde sie von der Öffentlichkeit nicht selten als eine auch in ihrem Kapital von der B-Zeitung abhängige Tochtergesellschaft angesehen. Doch allem Anschein zum Trotz war die tatsächliche Geschäftsführung vollkommen selbständig. Der versierte Vergnügungsmanager Tashiro hatte sich vor Vertragsschluß über die wirtschaftliche Lage der Neuen-Osaka-Abendzeitung gut orientiert, überschätzte aber bei dem Problem der Investition einer so großen Geldsumme die Bedeutung der im Hintergrund befindlichen B-Zeitung und war überzeugt, daß bei eventuellen Schwierigkeiten keinerlei Schaden für ihn entstehen könne. Er überschätzte die Finanzkraft der kleinen, ja erst ein Jahr alten Zeitung und schlug nun allen Ernstes ein so riesiges Projekt von etwa einer Million Yen noch zusätzlich vor: darin zeigte sich auch die Selbstüberschätzung dieses Mannes, der eben doch nur ein Vergnügungsmanager aus der Provinz war, und auch seine abstoßende Frechheit, mit der er, kaum daß man sich in Geschäfte mit ihm einließ, sofort sein wahres Wesen und den ihm eigenen Stil offenbarte.

Aber Tsugami fühlte sich darüber, daß er nun mit Tashiro zusammenarbeitete, nicht eigentlich beunruhigt. Er glaubte, Tashiros Eigenschaften, seine Durchtriebenheit, Unverschämtheit und seine in Gelddingen manchmal recht bedenkenlose Art vom ersten Tag an mehr oder weniger erkannt zu haben. Er war nicht besorgt, bei einer Zusammenarbeit mit ihm übers Ohr gehauen zu werden. Seine Geringschätzung für Tashiro war so groß, daß er überzeugt war, bei nur einiger Achtsamkeit, diesen stets sofort bis auf den Grund durchschauen zu können. Andererseits jedoch war Tashiro bei seiner Arbeit von so verblüffend reiner Leidenschaft, daß sich Tsugami selbst weniger wertvoll vorkam.

»So ist das! Ja, ja! So ist das!«, stieß Tashiro hervor und sah völlig abwesend drein, was zu der Kraft, mit der er diese Worte hervorstieß, gar nicht paßte. Sein Blick richtete sich, als ob er etwas

in weiter Ferne betrachtete, auf einen festen Punkt im Raum und bewegte sich langsam nach oben. Man hätte meinen können, es würde irgendeine mystische, nur ihm sichtbare Blume sein Herz aus ungeheurer Weite zu sich rufen. Seine Gedanken beschäftigten sich in diesen Augenblicken offenbar nicht im mindesten mit irgendwelchen finanziellen Erwägungen. Während Tsugami den geradezu irren Ausdruck im Gesicht dieses Vergnügungsmanagers, der sich jetzt weder über Gewinn noch Verlust irgendwelche Gedanken machte, fast hämisch musterte, dachte er plötzlich an sein eigenes eiskaltes Herz, dem jede Begeisterung längst fremd geworden war.
»Falls meine Zeitung die Stiere nicht kauft...«, sagte Tsugami, doch Tashiro unterbrach ihn:
»Ich weiß bereits einen Interessenten!«
Das klang, als habe er Tsugamis Reaktion erwartet, und er fuhr fort:
»Ich möchte Sie um etwas bitten: würden Sie nicht mit diesem Mann zusammentreffen? Von mir aus können Sie beide auch gemeinsam das notwendige Kapital zur Verfügung stellen, aber selbst wenn Sie sich überhaupt nicht beteiligten, wäre diese Begegnung für uns alle von Vorteil. Der Mann heißt Yata Okabe. Kennen Sie ihn? Er ist eine ungewöhnlich tüchtige Persönlichkeit!«
Als Tsugami aus Tashiros Mund die Worte »unge-

wöhnlich tüchtig« vernahm, stiegen in ihm Zweifel auf, aber er hatte sich vorgenommen, Tashiros Selbstgefühl nicht zu verletzen und zunächst auf ihn einzugehen. Daß er nun jedenfalls diese Zeitungsanzeige über den Stierkampf erreicht hatte, erfüllte ihn mit Befriedigung und auch mit Zuversicht.

»Okabe stammt aus meiner Heimat und ist mein ›Senior‹ – obgleich er etwas jünger ist als ich, aber es gibt keinen tüchtigeren Mann! Er ist Chef der Firma ›Osaka-Kobe-Industrie-AG‹ und besitzt noch drei, vier weitere Unternehmen. Unter den Geschäftsleuten aus dem Iyo-Land ist er zweifellos der bedeutendste!«

Nachdem Tashiro damit alles gesagt hatte, was er sich vorgenommen hatte, beugte er seinen Körper wie einen Wandschirm leicht nach vorn und ging so mit großen Schritten weiter.

Sutematsu Tashiro hatte vor etwa zwei Monaten mit einer großformatigen Visitenkarte, worauf der merkwürdige Titel »Chef der Umewaka-Vergnügungs-Agentur« stand, zum ersten Mal in Tsugamis Privatwohnung in Nishinomiya vorgesprochen. Grundsätzlich empfing Tsugami zwar nie beruflichen Besuch bei sich zu Hause, aber es war gerade der Morgen nach einem heftigen Streit zwischen ihm und Sakiko. Diese hatte erklärt, sich nun endgültig von ihm trennen zu wollen, und so war für Tsugami dieser Gast sehr willkommen, den kalt schimmernden Augen Sakikos zu entfliehen; die schwieg beharrlich, das konnte sowohl Liebe wie Haß bedeuten.

Tashiro war für ihn bei diesem ersten Treffen nichts weiter als ein aus der Provinz kommender Vergnügungsmanager, so wie er auf der Visitenkarte bezeichnet war. Sein energisches, terrakottfarbenes Gesicht und seine von Natur kräftige Stimme ließen ihn zweifellos jünger erscheinen, als er den Jahren nach war, doch hatte er immerhin die Fünfzig überschritten. Sein zweireihiges Jackett aus handgewebtem Stoff und das grobgestreifte Hemd waren so schick, wie dies einem jungen Mann etwa in seinen Zwanzigern zukam. An seinen dicken, großen Fingern glitzerten zwei Silberringe, und er hatte sich aus irgendeinem Grund ein schwarzes, dünnes Tüchlein um den Hals geschlungen.

Er fragte Tsugami, ob seine Zeitung nicht vielleicht gewillt sei, die Veranstaltung eines Stierkampfes zu übernehmen, er sei in der Lage, dies zu vermitteln. Und er erklärte ihm Ursprung und Entwicklung dieser »Stier-Ringkämpfe«, die es in ganz Japan nur an einem einzigen Ort, der Stadt W in der alten Provinz Iyo gab. Voll Beredsamkeit legte er dar, er habe sich schon immer sehnlichst gewünscht, den traditionellen Stierkampf seiner Heimat einmal in ganz Japan bekannt zu machen.

»Ich bin nur einfach ein unbekannter Vergnügungsmanager, aber ich empfinde einen solchen Stierkampf durchaus nicht als eine bloße Unterhaltungsveranstaltung! Geld möchte ich mit anderen Dingen verdienen. Dreißig Jahre lang bin ich nur immer auf der Insel Shikoku herumgereist, habe ziemlich langweilige Provinztheater-Aufführungen und Naniwabushi-Rezitationsabende organisiert, aber das alles brachte ich deshalb fertig, weil mir als Ideal vorschwebte, eines Tages den Stierkampf von Iyo in Tokyo oder Osaka zu zeigen.«

Er betonte immer wieder, daß er in einer solchen Veranstaltung keineswegs einen bloßen Zeitvertreib sehe, andererseits bei keiner anderen Unternehmung der geschäftliche Erfolg so sicher wie hier garantiert sei.

Tsugami ließ die an einen Schmierenschauspieler erinnernde Geschwätzigkeit Tashiros fast widerstandslos über sich ergehen, er sah kalt und gefühllos auf die Stengel der Sazanka-Blumen in einer Ecke des kleinen Gartens. Mit Leuten dieses Schlages zu verkehren, gehörte zu Tsugamis täglichem Brot. Er hörte dann, die Pfeife im Mund, dem Geplapper halb teilnahmslos zu, halb überließ er sich Gedanken, die in eine ganz andere Richtung schweiften, meist einsame Gedanken, melancholische. Mochte der Schwätzer noch so viele Harpunen vergeblich schleudern, hin und wieder erhielt er von Tsugami doch kurze Antworten, die dieser nur gab, um nicht ganz unbeteiligt zu wirken, die aber den andern trotzdem auf die ausgefallene Idee bringen konnten, seine Worte fänden aufmerksames Gehör bei Tsugami. Tsugami wurde immer kälter, Tashiros Beredsamkeit stärker und stärker.

»Viele denken an etwas Widerwärtiges, wenn sie das Wort Stierkampf hören, aber das ist es nicht! Die Leute von W schließen seit jeher Wetten auf den Ausgang der Stier-Zweikämpfe ab!«

Tashiro hatte kaum zu Ende gesprochen, da fragte Tsugami, wie aus der Pistole geschossen:

»Wie? Die Leute wetten?«

In der Stadt W schlossen, erklärte Tashiro, bei den dreimal im Jahr stattfindenden Stierkämpfen auch heute noch fast alle Zuschauer Wetten ab. Dies ließ Tsugami, der bis dahin den Redeschwall seines Besuchers an sich hatte vorüberrauschen lassen, mit einem Mal aufhorchen. Ein Wettkampf von Lebewesen innerhalb einer Bambusumzäunung in einem modernen Stadion, wie es das Hanshin- oder das Koroen-Baseballstadion waren, enthusiastische Zuschauer, Lautsprecher, Pa-

piergeldbündel, das aufgeregte Hin und Her von Menschen – an all das, wie an Bilder aus einem Film, ließen ihn Tashiros Worte denken. Es waren lähmende, kalte, drückend schwere Vorstellungen. Doch solche Wettabschlüsse garantierten einen günstigen Verlauf! Fand der Stierkampf in Osaka-Kobe statt, wetteten sicher alle Zuschauer genau wie in der Stadt W. Vielleicht half ein solches Erlebnis den Japanern, nach dem verlorenen Krieg wieder zu sich zurückzufinden. Gab man ihnen nur eine geeignete Möglichkeit, Wetten abzuschließen, würden wohl – sogar wortlos – die Menschen hier zusammenströmen. Soundso viel Zehntausende Zuschauer würden in dem von Bombenschäden umgebenen Baseballstadion wetten! Die Veranstaltung solcher Stierkämpfe gab ganz sicher einen Riesenerfolg! Zwar hatte der Baseball- und Rugby-Sport langsam begonnen sich zu erholen, aber es dauerte wohl noch einige Jahre, bis diese Spiele wieder so populär waren wie früher. Jetzt war genau der richtige Zeitpunkt für Stierkämpfe. Daß eine noch junge Zeitung erstmals Stierkämpfe im Osaka-Kobe-Raum veranstaltete, das war eine großartige Idee! Die Neue-Osaka-Abendzeitung nahm sich als Unternehmerin da gut aus!
Tsugamis Augen blitzten in diesem Augenblick kalt, aber es waren gleichzeitig auch brennend

heiße, zügellose und feucht erregte Augen, – Augen, die es Sakiko immer wieder unmöglich gemacht hatten, sich von Tsugami zu lösen. Tsugami erhob sich und sagte nun in einem vollkommen anderen Ton:

»Ich werde mir das überlegen. Vielleicht geht es...«

Eine halbe Stunde, nachdem Tashiro gegangen war, merkte Tsugami in dem plötzlich wieder still gewordenen Raum, daß er sich etwas erregt hatte. Wie immer, wenn er sich mit einem neuen Plan trug, redete er kaum ein Wort, rührte sich nicht von der Stelle und blieb lange auf seinem Stuhl auf der Veranda sitzen. In solchen Augenblicken mußte er allein sein.

Da sagte unerwartet Sakiko, und es klang, als zerschlüge sie damit die Stille dieser Szene:

»Das ist ein Unternehmen, in dem du mit Leib und Seele aufgehen wirst!«

In einer Ecke des Zimmers sitzend, in gleicher Haltung wie eben noch, als Tashiro da war, bewegte sie, die Augen zu Boden gerichtet, eifrig ihre kalt und weißlich glänzenden Stricknadeln.

»Warum meinst du das?«

»Ich weiß es nicht genau. Ich habe einfach so ein Gefühl. Ganz sicher verlierst du dich darin. Du hast die Veranlagung dazu!«

Sie hob ihr Gesicht, richtete plötzlich ihre kalten

Blicke auf Tsugami und sagte in einem Ton, der sowohl Kritik als auch Klage bedeuten konnte: »Irgend etwas Gemeines steckt in dir...«
In der Tat, Tsugamis Wesen hatte eine Seite, die man so bezeichnen konnte.
Als einer der fähigsten Gesellschafts-Reporter der B-Zeitung war Tsugami, stellvertretender Leiter der Redaktion *Aus der Gesellschaft*, auf einem Posten erfolgreich gewesen, der jeden, der ihn innehatte, mit Furcht erfüllte. Seine Hose hatte immer eine scharfe Bügelfalte, im Umgang mit den Besuchern wie auch in seiner Art zu entscheiden war er so klug und geschickt, daß er hin und wieder kalt und herzlos erschien. Wie banal eine Geschichte auch sein mochte, er verstand es, sie kunstvoll und lesbar darzustellen.
Da er in der klippenreichen Welt des Journalismus lebte, hatte er natürlich auch Feinde. Ihre Vorwürfe, etwa, daß er das Geld nicht richtig ausgebe, daß er affektiert und egoistisch, ein Dandy und Literaten-Jüngling sei, waren sicher zum Teil berechtigt, aber gerade diese Mängel gaben ihm ein intellektuelles Flair, das ihn von den bisherigen Gesellschafts-Reportern deutlich unterschied.
Nach Kriegsende hatte die B-Zeitung eine zusätzliche Druckerei und eine Abendzeitung gegründet und in diese Unternehmen ziemlich viele Angestellte überführt, – dabei war Tsugami zum Chef-

redakteur der neuen Abendzeitung avanciert. Da er erst siebenunddreißig war, paßte der Titel Chefredakteur zu seinen Jahren noch nicht ganz, aber es gab offenbar niemanden, der bei den vielen, damals aus dem Boden schießenden Abendzeitungen ihn an Begabung übertraf und imstande war, eine Zeitung von so neuartigem Format zu schaffen; außerdem war der Chef der Zeitung, Omoto, der vom Filmgeschäft kam, ein blutiger Laie in der Zeitungsbranche, wo persönlicher Mut gefragt war, und so brauchte man eine verläßliche, kraftvolle Persönlichkeit, die nicht nur der Redaktion vorstand, sondern mit Sicherheit fähig war, auch bei der Geschäftsführung die Seele des Ganzen zu sein. In dieser Hinsicht erweckte Tsugami durchaus den Eindruck eines Mannes, der, vom Stab der B-Zeitung übernommen, ohne Furcht und Tadel war.

Gleich nachdem er das Amt des Chefredakteurs der Neuen-Osaka-Abendzeitung angetreten hatte, entschied er sich kühn für den neuen Zeitungstyp mit waagrechter Schrift, wandte sich betont an die geistig interessierten Angestellten der Stadt als seine Leser und schrieb vor allem in der Kultur- und Unterhaltungsspalte. Sowohl im Stil seiner Artikel wie beim Sammeln des Materials und der dann zu treffenden Auswahl favorisierte er die Satire und sprühte vor Witz und Humor. Und er war, das darf man wirklich sagen, dabei erfolgreich. Seine Zeitung wurde sowohl von Angestellten wie von Studenten der Städte Kyoto, Osaka und Kobe als ein angenehm aus dem Rahmen fallendes Abendblatt begrüßt und war im Straßenverkauf als erste Zeitung vergriffen. Für das Publikum, das sich während der Kriegsjahre an eine Presse von recht niedrigem Niveau hatte gewöhnen müssen, besaß dieses Blatt ohne Zweifel den Reiz des erfrischend Neuen. Auf der Rezensionsseite einer Universitätszeitung stand einmal die Kritik eines jungen, nach Kriegsende repatriierten Professors der Rechtswissenschaft an der Universität Kyoto, darin wurde Tsugamis Abendzeitung als eine Intellektuellenzeitung von Boulevard-Format bezeichnet. Das traf bis zu einem gewissen Grad wohl auch zu. Ein sensibler Dichter hätte in dieser bei den Intellektuellen der Städte beliebten Zeitung sicher eine fast zu sorglose Nonchalance, einen Hauch von Nihilismus und Isolation erspüren können, und diese Eigenschaften kennzeichneten in gewissem Umfang auch den verantwortlichen Redakteur.

Der Mensch nun, welcher Tsugamis Wesen am klarsten durchschaut hatte, war Sakiko, die seit Kriegszeiten über drei Jahre hin mit ihm zusammengelebt und sich wieder von ihm getrennt hatte, und die dieses hoffnungslose Verhältnis bis heute weiterführte, obgleich sie oft genug von ihrem endgültigen Entschluß sprach, ihn für immer zu verlassen.

»Niemand kennt die verschlagene, unsolide, gemeine Seite deines Wesens! Nur ich! Ich allein!«

So sagte sie oft, wenn sie in guter Stimmung war. Dann funkelten und blitzten ihre Augen, als seien sie gleichsam die Narben ihrer Liebe zu Tsugami. Aber hin und wieder klangen diese Worte als harter und kalter Tadel.

Tsugami hatte eine Frau und zwei Kinder, die er während des Krieges in seine Heimat, die Tottori-Präfektur, evakuieren ließ. Sakikos Mann, ein Studienfreund von Tsugami, fiel im Kriege, doch war seine Asche noch nicht in die Heimat zurückgebracht worden. Tsugami und Sakiko setzten ihre Beziehungen, die sie während der Kriegsjahre begonnen hatten, auch nach der Kapitulation unverändert fort; seine Kollegen, deren flinken Augen doch sonst nichts entging, hatten davon nichts bemerkt, aber Sakiko glaubte manchmal, daran sei nur Tsugamis Durchtriebenheit schuld.

Etwa ein Jahr, nachdem Sakiko offiziell Nachricht von dem Tod ihres Mannes erhalten hatte, trat sie zu Tsugami in intimere Beziehungen. Sie suchte ihn eines Tages zu Hause auf, um in einer Sache seinen persönlichen Rat zu erbitten. Es war ein Sommerabend. Tsugami war eben erst aus der

Redaktion zurückgekommen. Als sie um die ihr schon bekannte Veranda des Hauses herumgegangen war, erblickte sie ihn, wie er, nachlässig den Hut nach hinten geschoben, bequem auf dem Korbstuhl saß und ein Glas Whisky in der Hand hielt.

Er erhob sich sofort, als er Sakiko entdeckte, strich auch gleich die Falten seines Rockes zurecht und war der korrekte, würdevolle Tsugami, wie man ihn allgemein kannte. Aber Sakiko spürte plötzlich, wie in ihrem Körper eine heiße Leidenschaft erwachte, ein Verlangen, wie sie es seit Jahren nicht mehr verspürt hatte. Die leicht in sich zusammengesunkene Gestalt Tsugamis, die ungeheure Müdigkeit verriet, erweckte den Eindruck großer Einsamkeit, strahlte aber auch eine Sinnlichkeit aus, die Sakikos Begehren unerklärlich erregte. Auch nachdem ihr Verhältnis seit dieser Stunde sehr viel intimer geworden war, dachte Sakiko, sobald sie sich hieran erinnerte, daß sie gerade diesen allen anderen Menschen unbekannten Tsugami liebte, dessen einsame Seele gleichsam zerfressen war und Phosphorlicht aussandte.

Tsugamis Liebe war keine glühende, aus dem Innersten seines Wesens hervorbrechende Leidenschaft. Da war nur gleichsam ein Docht, der nie ganz zu Ende brannte. Auch wenn sich Sakiko ihm vollkommen und bedingungslos hingab, spürte sie bei ihm eine Kluft, die zuzuschütten ihr, wie sie glaubte, nie gelingen würde. Tsugami befand sich seiner Augen wegen, die sich durch das Herz und den Körper der dreißigjährigen Sakiko nicht begeistern ließen, stets in einer gewissen Spannung. Das waren nicht die Augen eines Menschen, der liebte, aber auch nicht die eines Mannes, der Sakiko roh beiseite stieß. Es waren Augen, die wie unbeteiligt alles aus einer Distanz betrachteten und daher unerträglich frisch und kalt wie die eines Fisches waren.

Immer wenn Sakiko mit dieser einen Seite Tsugamis in Berührung kam, dieser Seite, die so eisig war, als sei er seiner selbst längst überdrüssig geworden, stieg ein zorniges Wort in ihr auf: »Dieser Schuft!« Doch hin und wieder bemühten sich die gefühllosen Augen dieses »Schufts«, sich zu berauschen. Sakiko wußte das. Wie sehr liebte sie Tsugami dann gerade dieser wilden, rebellischen, melancholisch glänzenden Augen wegen! Doch sobald sie erkannte, daß sie unfähig blieb, diese Augen zu begeistern, verwandelte sich ihre Liebe in Haß, in einen Haß, dem ein trauriger Schmelz eigen war.

Wenn nun Tsugami auf den Köder anbiß, der ihm von dem Vergnügungsmanager Tashiro zugeworfen worden war, dann leitete ihn weniger sein journalistischer Instinkt als sein rebellischer Geist;

aber auch jetzt, wo er sich offenbar darum bemühte, zeigte sich in seinen Augen keine Spur von Begeisterung.

Am Tage, nach dem ihm Tashiro die Veranstaltung eines Stierkampfes vorgeschlagen hatte, fand in der Neuen-Osaka-Abendzeitung, die in einem durch Brandbomben beschädigten großen Geschäftshaus untergebracht war, eine Besprechung der führenden Persönlichkeiten statt, an der außer Tsugami der Zeitungschef Omoto, der Leiter des Layout K, der Leiter der Nachrichten-Redaktion S sowie Tashiro teilnahmen. Omoto war von allem Anfang an mit dem Plan einverstanden, im Raum Osaka-Kobe einen Stierkampf zu organisieren.

»Ein hochinteressantes Projekt! Die Veranstaltung wird auf jeden Fall von unserer Zeitung übernommen, und zwar mit Unterstützung der Stadt W und der dortigen Stier-Sumô-Gesellschaft. Pro Tag sind 50 000, in drei Tagen also 150 000 Zuschauer zu erwarten. Wir wollen den Kampf in großer Aufmachung ankündigen, so als hätten wir spanische Stiere hergeschafft!«, sagte der fette Omoto, der wie ein nicht allzu tüchtiger Stierkämpfer wirkte, mit lauter Stimme, wie er überhaupt, sobald er in Stimmung kam, zu schreien anfing. Er war früher einmal Kinobesitzer in der Provinz gewesen, hatte sich seine heutige Position aus eigenen Kräften aufgebaut und war, sobald es um Geschäfte ging, zupackend kühn und schaffte alles mit der ihm eigenen Intuition. Nachdem er und Tsugami zugestimmt hatten, war an irgendeinen Widerstand von anderer Seite sowieso nicht mehr zu denken. Die Sache wurde auf der Stelle beschlossen. Der in jedem Jahr am 1. Januar am Shinto-Schrein S der Stadt W abgehaltene Stierkampf sollte nun in dem zweitgrößten, modernen Baseballstadion der Osaka-Kobe-Gegend stattfinden, man wollte sich an die Stadt W und den Stier-Sumô-Verein dort wenden, um sich ihrer Unterstützung zu versichern, man wählte drei Tage im letzten Januardrittel aus, weil dann die Saison für den Freiluftsport vorüber ist; die Differenz zwischen Ausgaben und Einnahmen sollte zu gleichen Teilen auf die Zeitung und die Umewaka-Vergnügungs-Agentur verteilt, also halbiert werden, die Umewaka-Vergnügungs-Agentur sollte nicht ausdrücklich genannt werden, nach außen hin sollte allein die Neue-Osaka-Abendzeitung als Veranstalter auftreten, und von den bis zur Beendigung des Stierkampfes anfallenden Kosten sollte Tashiro die Ausgaben für die Stiere bis zu dem Zeitpunkt übernehmen, wo die Tiere ins Baseballstadion geführt wurden, die Zeitung hingegen all die Ausgaben, die nach dem Eintreffen der Stiere dort, einschließlich derjenigen für die Herrichtung des Platzes, die Vorbereitung und Propaganda, entstanden. Das waren die wesentlichen Punkte des Vertrags. Omoto und Tsugami luden am Abend Tashiro in ein Restaurant in Kyoto ein, und an dem darauffolgenden Abend gab Tashiro den leitenden Herren der Zeitung in einem Sukiyaki-Restaurant ein Essen und sorgte auch reichlich für Sake.

»Nicht weil ich ein günstiges Vorzeichen erzwingen möchte, aber nachdem wir – wahrhaftig nicht ganz ohne Grund! – Ochsenfleisch essen, habe ich heute – mag das auch ein bißchen provinziell erscheinen – Sukiyaki für uns bestellt ...«

Wann immer Tashiro sich über etwas freute, sprudelte seine gute Laune nur so über. Als rundum Sake getrunken wurde, schlug er vor, man solle den Stieren, sobald sie in Kobe einträfen, prachtvollen Schmuck anlegen, wie dies bei den Sumô-Ringern üblich sei, sie dann von der Kobe-Straße in einem festlichen Umzug nach Nishinomiya führen, am nächsten Tag auch in Osaka einen solchen Stier-Umzug veranstalten – er sei, rief er aus, überzeugt, daß dieses Unternehmen sehr günstig verlaufen würde.

Er wischte sich mit der flachen Hand über das schweißfeuchte Gesicht und goß, leicht vornübergebeugt, Omoto und Tsugami Sake ein. Sein Gesicht dünkte Tsugami in diesem Augenblick wie das eines Kindes.

Während sich Tashiro zur Toilette begab, sagte Omoto, der bis dahin tüchtig gezecht und mit den andern ausgelassen herumgelärmt hatte, mit erstaunlich kräftig klingender Stimme:

»Ich mache mir Sorgen wegen der Ausgaben, die gezahlt werden müssen, noch bevor die Eintrittsgelder hereinkommen. Nach meiner Berechnung ist etwa eine Million Yen nötig!«

»Tja, so viel ist es vielleicht tatsächlich ...«

»Was sollen wir tun?«

»Es wird schon alles klappen!«

»Glauben Sie?«

»Die Propaganda-Kosten decken wir mit den Einnahmen aus den Anzeigen, und wegen der Platzmiete verhandle ich so, daß wir erst nachher zu zahlen brauchen. Nur sind wohl 200 000 bis 300 000 Yen nötig, um den »Ring«-Kampfplatz und die Unterkunft für die Stiere zu bauen!«

»Ich kann unmöglich 300 000 Yen aufbringen!«

»Oh – überlassen Sie das nur mir!«

Tsugami hatte überhaupt noch keine bestimmte Idee, wie er dies schaffen könnte, aber er hielt es für möglich, äußerstenfalls die Eintrittsgelder im voraus bezahlen zu lassen. Ihn beschäftigte Tashiros Vorschlag, mit den zweiundzwanzig Stieren einen eindrucksvollen, großen Umzug zu veranstaltén, im Augenblick sehr viel mehr. Darüber ließen sich gut Artikel schreiben, und man konnte hübsche Photos bringen. Zumindest ergab das Ganze ein Stadtgespräch. Er malte sich in seinem Kopf, der durch die Mischung von Sake und Whisky leicht schmerzte, das seltsame Schauspiel hingebungsvoll immer wieder aufs neue aus.

Am nächsten Tag bildete Tsugami unverzüglich einen vorbereitenden Ausschuß. Er wählte T, der zwar keine guten Artikel schreiben, aber erstaunlich geschickt verhandeln konnte, sodann M, der zwar keine Pläne realisieren, aber solche ausgezeichnet entwerfen konnte, und schließlich ein paar junge Leute aus der Nachrichten-Redaktion. Bis zur Veranstaltung im letzten Januar-Drittel waren noch zwei Monate. Da Tsugami die Zeitungsanzeige über den Stierkampf spätestens einen Monat vorher, also im zweiten Dezember-Drittel herausbringen wollte, mußten bis dahin alle Details festgelegt sein. Die Verhandlungen wegen des Platzes, auf dem die Stiere miteinander kämpfen sollten, verschob man auf später. Einige Tage, nachdem Tashiro nach Shikoku abgereist war, fuhren ihm Tsugami und der junge Journalist T in die Stadt W nach. Doch als beide ankamen, hatte Tashiro sämtliche Besprechungen mit den Behörden und der Stier-Sumô-Vereinigung bereits abgeschlossen. Auch in bezug auf das

Leihgeld in Höhe von 20 000 Yen pro Stier war Einigkeit erzielt worden. Ebenso hatte man die zweiundzwanzig Stiere schon ausgewählt, daher blieb für Tsugami und seinen Begleiter nichts mehr zu tun. Die Stier-Sumô-Vereinigung wie auch die Eigentümer der Sumô-Stiere waren begeistert, alle befanden sich in ausgezeichneter Stimmung, Tsugami und T wurden wie Erlösergottheiten empfangen, so daß sich Tsugami erstaunt fragte, was für eine Propaganda Tashiro wohl gemacht hatte.

Die Eigentümer der Stiere waren alles reiche Leute aus der Umgegend. Der gemeinsame Wunsch ihres Lebens war – koste es, was es wolle –, wenigstens einen Sumô-Stier heranzuzüchten. An anderen Orten war man etwa bemüht, sich einen feuerfesten Speicher zu bauen, aber hier hielt man sich seit jeher riesige Tiere, die man für nichts anderes als für den Stierkampf verwenden konnte. Tsugami und sein Begleiter besuchten auch den Vizepräsidenten der Stierzuchtvereinigung, den bejahrten Shigesaburô Atomiya, der ebenfalls zu dem geplanten Stierkampf einen Sumô-Stier schickte. Atomiya, ein siebzigjähriger Mann, immer noch rüstig wie ein alter Samurai und einer der reichsten Bauern der Gegend, war für den Stierkampf in einem Ausmaß begeistert, daß es schon an Verrücktheit grenzte. Diese Leidenschaft

war ein Erbteil seiner Vorfahren. Sein Vater hatte ihn auf dem Sterbebett beschworen:
»Ich habe es in meinem Leben zu Geld und auch zu einem ansehnlichen Grundbesitz gebracht, ich sterbe jetzt, ohne mich über irgendeinen Fehlschlag grämen zu müssen – nur eins betrübt mich: daß mein Stier immer von dem Tamura-Stier besiegt worden ist. Sorg also dafür, daß dieser Gegner bald geschlagen wird!«
Mit diesem Vermächtnis hauchte der Alte seinen letzten Atem aus. So erzählt man sich jedenfalls, und ein berufsmäßiger Geschichtenerzähler könnte das nicht besser erfunden haben. Der damals noch junge, augenblickliche Hausherr Shigesaburô Atomiya befolgte diesen letzten Willen seines Vaters natürlich getreu und verwandte seine ganze Energie darauf, den Sumô-Stier seines Hauses hervorragend auszubilden. Im April des dritten Jahres nach dem Tod des Vaters tötete dann dieser Stier auf dem Kampfplatz den Tamura-Stier. Shigesaburô Atomiya soll hierauf die Totentafel seines Vaters auf dem Rücken des von jenem so geliebten Stieres angebracht und ihn durch die Straßen der Stadt W geführt haben. Tsugami hörte dem etwas stockenden Gerede des alten Atomiya, der zu Tsugamis Ehren feierlich den Haori-Überwurf und die Hakama-Rockhose angelegt hatte, als sei der Präfekt höchstpersönlich zu Be-

such erschienen, seltsam entmutigt zu, doch war hieran wohl auch die Ermüdung durch die lange Reise schuld. Als der heiße Atem der Stierkampf-Passion, die, unabhängig von irgendwelchen Terminen, nicht nur den alten Atomiya erfaßt hielt, nun über Tsugami hinstrich, vermochte dieser aus irgendeinem Grund nicht recht froh zu werden. Jeden Morgen auf der Veranda seines Hotelzimmers stehend, starrte er auf die blaugrünen Wellen des Meeres hinaus, das von einer in südlichen Breiten zu findenden Klarheit und Frische war, und hatte das Gefühl, als keuchte er unter einer schweren Last.

Tashiro war, während sich Tsugami und sein Begleiter in W aufhielten, sehr beschäftigt. Er fuhr mit den beiden zu dem Shintoschrein, wo in jedem Januar die Stierkämpfe stattfanden, er führte sie zu den wichtigsten Ställen in der Umgebung der Stadt und machte auf der Rückfahrt absichtlich einen Umweg, um ihnen ein großes, von einem auf dem Land seltenen Steinwall umgebenes Gutshaus zu zeigen, und erklärte, es sei dies das Anwesen seines älteren Bruders. Stets in einem schweren Ledermantel steckend, Schweißtropfen auf der Nasenspitze, rannte er unruhig und eilfertig dahin und dorthin. Bei den Abendeinladungen, die fast täglich stattfanden, hielt er immer eine lange Begrüßungsrede, nannte Tsugami und dessen Begleiter »verehrter Meister« und sprach von der Neuen-Osaka-Abendzeitung manchmal als von »unserer Firma«, so als gehörte er selber dazu.

Nachdem Tsugami nach Osaka zurückgekehrt war, begann für ihn die nächste Stufe der Vorbereitungen. Anders als in der Stadt W fand er sich hier ständig mit neu auftauchenden Schwierigkeiten konfrontiert. Zuerst bereitete ihm das wichtige Problem, wo der Stierkampf abgehalten werden sollte, manche Sorge. Von den zwei großen Stadien im Raum Osaka-Kobe mußte aus Termingründen das Hanshin-Baseballstadion gewählt werden, doch wurde, nachdem die Verhandlungen über eine vom 20. Januar an laufende Dreitagesmiete endlich abgeschlossen waren, kurz vor dem Austausch der Urkunden ein neuer Einwand mitgeteilt. Da nach Behauptung der Firma Rosokudentetsu, die dieses Stadion verwaltete, im Hanshin-Baseballstadion schlechter zu spielen war als in dem von der Konkurrenzfirma Dentetsu geführten Baseballstadion, hatte man sich, um solchen Gerüchten den Boden zu entziehen, aufwendig bemüht, die Beschaffenheit des Terrains zu verbessern, und fand es nun unerträglich, daß rücksichtslos Pflöcke in die Erde gerammt, ein Bambusgehege ringsum angelegt und die schönen Flächen von den schmutzigen Füßen der Stiere zertrampelt werden sollten. Das waren begreifliche Argumente. Nach zahllosen und von Tsugami sehr tatkräftig geführten Verhandlungen konnte man dieses Stadion zwar zunächst mieten, doch dann beschwerte sich der Verband der Berufs-Baseballspieler, sie müßten wegen dieses Stierkampfes vorübergehend auf die Ausübung ihres Berufs verzichten. Dadurch daß man einige einflußreiche Persönlichkeiten einschaltete, beschwichtigte man diese Stimmen, doch verursachte das gewaltige Kosten. Als nächstes ergaben sich unerwartete Schwierigkeiten, weil das Sicherheitsamt der Präfektur die Erlaubnis lange verweigerte. »Stierkampf«-Veranstaltungen hatte es in Japan bisher noch nie öffentlich gegeben, und so waren die Beamten in Verlegenheit, wie sie verfahren sollten. Als Tsugami telegraphisch Tashiro aus Shikoku kommen ließ, um sich mit ihm zu beraten, stellte sich heraus, daß selbst in der Ehime-Präfektur, wo an jenem Shintoschrein der Stadt W der traditionelle Stierkampf jährlich abgehalten wurde, ein »Stier-Sumô« noch nie als öffentliche Veranstaltung genehmigt worden war. Omoto wandte sich von einer Amtsstelle zur anderen, Tsugami tat ein gleiches, aber keiner hatte Erfolg. Tashiro fuhr zwischen Shikoku und Osaka nicht weniger als dreimal hin und her, er bemühte sich verzweifelt, eine Reihe einflußreicher Männer der Ehime-Präfektur zu überzeugen, tat also da, wo die Eigentümer der Stiere ansässig waren, wirklich sein Bestes. Doch scheiterte auch er. Am Ende ging der Journalist T, ein Genie diffizilster Verhandlungskünste, unzählige Male zur Präfekturverwaltung, und er erhielt schließlich die Zustimmung des Vorsitzenden der Sicherheitsabteilung, weil er ein Dokument unterzeichnete, nach dem die Veranstaltung, sobald ein Unfall geschehe, unverzüglich abgebrochen würde. Das war vor einigen Tagen gewesen. Dem Manuskript mit der Ankündigung des Stierkampfes ließ Tsugami ein Photo beifügen, auf dem zwei Stiere mit ihren Hörnern ineinander verfilzt waren. Diese Ankündigung wurde zwischen die zwei großen Nachrichten des Tages, den Lehrerstreik und die Zerwürfnisse in der Sozialisten-Partei, eingefügt und damit besonders auffällig herausgebracht. Omoto und Tsugami war wie Jägern zumute, denen der Jagdhund weggerannt ist.

Tashiro ging auf dem durch einen von Brandbomben zerstörten Stadtteil führenden Weg etwa zweihundert Meter weiter, während der Wind abwechselnd von hinten und von vorn auf ihn blies, blieb vor einem zerbombten Geschäftshaus plötzlich stehen, machte dem ihm folgenden Tsugami mit der erhobenen Rechten nachlässig ein Zeichen und stieg eine hier völlig unerwartete Treppe hinab.

Das war eine so abrupte Art zu verschwinden, daß Tashiro wie weggewischt erschien. Tsugami folgte ihm, stieg ebenfalls die halbdunkle Treppe hinunter, die so schmal war, daß hier keine zwei Menschen nebeneinander Platz hatten. Als beide am Ende der bogenförmig gewundenen Treppe angelangt waren, tat sich vor ihnen ein großer, elektrisch beleuchteter Raum auf. Sie sahen einen schönen japanischen Garten, in dessen Mitte sich Gartenpflanzen und Steinlaternen und an dessen Seiten sich vier noch nicht ganz fertiggestellte hübsche, kleine Zimmer befanden. In der Ecke des einen Raums, aus dem vielleicht eine Bar gemacht wurde, lagen schmale, hohe Stühle aufeinandergeschichtet, daneben stand ein blaugestrichenes Bierfaß. Davor waren vier Männer, die auf Tsugami und seinen Begleiter nicht weiter achteten, mit Installationsarbeiten beschäftigt und legten gerade den gekachelten Abfluß eines Waschbeckens.

In dem daran anschließenden kleinen Raum, der als einziger schon fast fertig war, saß Yata Okabe, einen wattierten Kimono über der »Bürgeruniform«, am Kotatsu-Öfchen und hatte ein schon halb geleertes Whiskyglas vor sich.

»Oh – schön, daß Sie gekommen sind!«

Kaum hatte Tsugami Platz genommen, zog Okabe seinen Kimono aus und senkte mit pathetischer Geste den Kopf. Okabe war von untersetzter Statur, auch sein Gesicht, das sich beim Sprechen in zahllose Falten legte, war klein, er machte im ganzen einen eher ärmlichen Eindruck, doch aus seinem fast sanften Auftreten sprach gleichzeitig eine verblüffende Arroganz.

»Ich habe Sie erwartet, Herr Tsugami!«

Tsugami empfand, während er die dünnen, flink sich bewegenden Lippen seines Gegenüber betrachtete, angesichts dieser Haltung, bei der einem Unvorsichtigen sehr schnell eins ausgewischt wurde, einen leichten Widerstand. Viel förmlicher, als er es sonst zu tun pflegte, nahm er seine Visitenkarte heraus.

Darauf holte Okabe ein kleines Täschchen mit Visitenkarten heraus und suchte darin herum, doch schließlich rief er mit einem Händeklatschen einen jungen Mann herbei, der auf den ersten Blick wie sein Sekretär aussah, und sagte zu ihm:

»Schreib eine Visitenkarte und gib sie dem Herrn hier! Notiere auch die Telefonnummer unserer Firma darauf!«

Gleichzeitig reichte er ihm sein Notizbuch und den Füllfederhalter. Dann griff er nach Tsugamis Visitenkarte, hielt sie Tashiro hin, und als dieser ihm erklärte, daß Tsugamis Beruf dort als »Chefredakteur« angegeben sei, nickte er schweigend ein paarmal gewichtig. Tsugami musterte indessen erneut den kleinen, recht durchschnittlich wirkenden Mann, dessen ganze Art etwas ungeheuer Freches hatte. Er hielt es für möglich, daß Okabe, diese »bedeutendste Persönlichkeit aus Iyo« weder lesen noch schreiben konnte.

Dann wurden Sake und Speisen hereingebracht. In gelockerter und prahlerischer Haltung fuhr Okabe mit seinem Geschwätz fort:

»Ich habe mir vorgenommen, ein bißchen für angenehmes Leben zu sorgen. Die Japaner haben lange auf wohlschmeckendes Essen verzichten müssen, und so möchte ich jetzt ein Restaurant eröffnen, in dem man hervorragend speisen kann. Ich werde dort drei ausgezeichnete Köche aus Beppu, Kochi und Akita wirken lassen!«

Tashiro benahm sich vor Okabe derart steif, daß es geradezu lächerlich wirkte. Dieser kräftige Mann wurde von Okabes kleinem, nur wenig über eineinhalb Meter großem Körper wie aufgeschluckt. Er kam mit keinem Wort auf die wichtige Angelegenheit zu sprechen, deretwegen er dieses Zusammentreffen arrangiert hatte; er nahm die hereingereichten Speisen entgegen, stellte sie nebeneinander auf den Tisch, griff beflissen immer wieder nach der Sakeflasche und goß die Schälchen der beiden voll, oder er lauschte seltsam demütig, damit ihm auch nicht ein Wort entgehe.

Tsugami wartete halb neugierig und überlegte, was Okabe wohl mit ihm zu bereden wünschte.

Da er nicht viel trinken konnte, führte er, wenn er von Okabe aufgefordert wurde, das Schälchen nur kurz an die Lippen. Um diese Zeit, überlegte er, wurden auf den Straßen wohl die ersten Exemplare der Neuen-Osaka-Abendzeitung, in der der Stierkampf angekündigt wurde, verkauft.

»Haben Sie eigentlich in Ihrer Firma viel zu tun?«, fragte Tsugami.

»Ich habe viel freie Zeit!«, erwiderte Okabe. »Ja, eine Menge Zeit! Ich besitze fünf, sechs Firmen, aber ich habe – ja, das darf ich schon sagen! – immer viel freie Zeit! Der Chef einer Firma darf nicht allzu beschäftigt sein. Ich halte es für richtig, wenn ich – und das tue ich! täglich meinen Sake trinke!«

Okabe fand offenbar Stolz und Befriedigung darin, seinen Partner zu verblüffen. Ihm lag wohl viel mehr daran, vor allem über sich selbst zu reden, als Tsugami, den er doch jetzt zum ersten Mal traf, näher kennenzulernen.

»Oh, das meine ich nicht im Spaß! Wer keinen Sake trinkt, hat nach meiner Meinung Stroh im Kopf! An einer gewaltsam ausgepreßten Klugheit kann nicht viel dran sein!«

Vielleicht des Whiskys wegen, den er schon vor Tsugamis Erscheinen getrunken hatte, funkelten seine Augen hin und her und bohrten sich ohne Scheu in die Tsugamis. Er ließ auch, während er schwatzte, das Whiskyglas nicht einen Augenblick aus der Hand, schüttete sich die gelbliche Flüssigkeit immer aufs neue in den Mund und schluckte sie dann fast ausdruckslos hinunter.

»Herr Tsugami und Sie, Tashiro – Sie müssen mir heute zuhören, wie mein Leben verlaufen ist!«

»Oh, danach habe ich Sie schon so lange fragen wollen! Wie ist der Große Okabe zu seinem ungeheuren Erfolg gekommen??«

Tashiro sprach derart unterwürfig, daß Tsugami es verdrießlich fand. Als er Okabe Whisky eingießen wollte, setzte dieser nur flüchtig das Glas auf den Tisch, zog für ein paar Augenblicke ein Gesicht, als hätte er jemanden verschlungen, schloß seine winzigen Augen und erklärte, nachdem er sie wieder weit geöffnet hatte:

»Mir ist es egal, ob man mich den Großen oder Kleinen Okabe nennt, jedenfalls habe ich meine sämtlichen Firmen erst nach Kriegsende gegründet. Ich schaffte das alles, könnte man sagen, innerhalb einer einzigen Generation, aber in Wahrheit habe ich nur ein Jahr gebraucht! Nur *ein* Jahr! Und deswegen finde ich Spaß am Leben!«

Er lachte laut mit heiserer Stimme.

Im Oktober des Jahres, in welchem der Zweite Weltkrieg zu Ende ging, vor einem Jahr also, kehrte Okabe vom südostasiatischen Kriegsschauplatz nach Japan zurück und trat wieder ins Zivilleben ein. Er hatte weder Frau noch Kinder. Von einer Frau, mit der er zehn Jahre vorher liiert gewesen war, lieh er sich 3000 Yen, verließ hierauf seine Heimat, die Iyo-Provinz, tat sich mit einem Kriegskameraden, der Lastkraftwagen gefahren hatte, zusammen und zog nach Kobe. In dem darauffolgenden halben Jahr richtete er, während er sich verschiedentlich herumtrieb, seine Aufmerksamkeit vor allem auf die Möglichkeit, mit landwirtschaftlichen Maschinen zu handeln.

Als er erfuhr, daß neuartige, mit einem Motor versehene Dreschmaschinen von der Firma ›Akebono-Industrie‹ in Amagasaki hergestellt wurden, beschloß er, sich auf irgendeine Weise eine stattliche Anzahl hiervon zu verschaffen und durch deren Verkauf das damals aufs Land fließende Kapital wieder herauszusaugen. So suchte er die Firma ›Akebono-Industrie‹ auf, unterhielt sich mit einigen Herren der Geschäftsleitung, denen er seine Visitenkarte mit dem Titel »Direktor der ›Akebono-Handels-AG‹« überreichte. Natürlich war das eine glatte Erfindung. Er hatte sich die Visitenkarten in einem der Warenhäuser Osakas anfertigen lassen. Aber dieser kleine Trick zeitigte eine phantastische Wirkung. »Oh«, staunte man, »Sie sind auch von einer ›Akebono‹?«, und meinte damit: »Sie sind also Direktor einer Firma gleichen Namens wie wir?« So war ihm vom ersten Augenblick an das besondere Wohlwollen seiner Gesprächspartner gesichert, und es kam zu Geschäftsverhandlungen, aufgrund deren man ihm hundert Dreschmaschinen zu liefern versprach. Die Rechnung sollte beim Empfang der Ware beglichen werden. Man erklärte sich – in der Tat ein ungewöhnliches Entgegenkommen – sogar einverstanden, daß Okabe irgendwann im Lauf des nächsten Tages zahlte. Das für diesen noch verbleibende Problem bestand nun darin, die zur Bezahlung der Dreschmaschinen erforderlichen 300 000 Yen aufzubringen.

»Und wie glauben Sie, meine Herren, habe ich mir diese 300 000 Yen verschafft? Ich habe sie mir einfach von jemandem geliehen, den ich bis dahin überhaupt nicht gekannt hatte!«

Seine Stimme klang so heftig, daß sich Tsugami unwillkürlich dagegen sträubte. Dann erzählte Okabe weiter, er habe einen aus der gleichen Präfektur wie er stammenden ehemaligen Abgeordneten, der durch Rüstungsaufträge reich geworden war, einen Mann namens Yamamoto, ausgesucht, um von ihm – koste es, was es wolle – diese Summe herauszulocken. Kaum hatte er sich bei den leitenden Herren der Firma ›Akebono-Industrie‹ verabschiedet, suchte er Yamamotos Haus in Mikage auf und bat ihn mit beschwörenden schmeichlerischen Reden, ihm ein Darlehen von 300 000 Yen zu gewähren. Er betonte hierbei vor allem immer wieder, daß dies die Bitte eines Mannes sei, der der gleichen Heimat angehöre. Natürlich dachte Yamamoto nicht daran, ihm soviel Geld zu leihen. Okabe suchte ihn aber an diesem Tag nicht weniger als dreimal auf, hockte sich schließlich auf den Gartenkies, und da durchschoß ihn plötzlich die Idee, eine Lebensversicherung abzuschließen und diesen Vertrag Yamamoto als Sicherheit für das erbetene Darlehen zu verpfänden.

Er fuhr unverzüglich zur Lebensversicherung N, die ihre Geschäftsräume mitten in dem von Brandbomben zerstörten Yodobashi-Viertel hatte. Aber es war bereits Abend und das Büro geschlossen. Da er sich keinen anderen Ausweg wußte, ließ er sich von dem Nachtdienst tuenden Angestellten die Privatadresse des Direktors heraussuchen, begab sich zu dem Haus jenes Mannes, der Suita hieß, und bat ihn um eine Lebensversicherung in der Höhe von 300 000 Yen. Suita antwortete ihm jedoch, es sei dies heute leider nicht mehr möglich, er solle doch morgen ins Büro der Versicherungsfirma kommen. Doch wäre dann Okabes Geschäft geplatzt. Daher ließ er nicht locker, nach zähem Hin und Her gelang es seiner Energie tatsächlich, den Direktor zu überreden, und er erhielt nach

Einzahlung von 3000 Yen einen Vertrag über 300 000 Yen ausgehändigt. Mit diesem suchte er zu später Stunde – nur die allerletzten Bahnen verkehrten noch – wiederum Yamamoto auf und bedrängte ihn, ihm nun, da er ihm ja doch sogar seinen Lebensversicherungsvertrag verpfände, die 300 000 Yen kurzfristig zu leihen.

»Das war eine phantastische Sache! Eine Versicherungspolice an sich ist doch völlig wertlos! Aber so komisch sind eben die Menschen. Yamamoto hat geglaubt, ich wollte ihm mein Leben verpfänden. ›Na gut‹, hat er zu mir gesagt, ›wenn Sie gar so versessen darauf sind, borge ich Ihnen das Geld für einen Monat!‹ Und damit hat mein geschäftlicher Aufstieg begonnen!«

Tsugami durchschaute nicht recht, mit welcher Absicht Okabe ihm hier seinen Werdegang als den eines Schwindlers schilderte. Doch langweilte er sich beim Zuhören durchaus nicht. In der Art, wie Okabe erzählte, schwang eine Art Selbstberauschung mit, die ihn als mächtige Leidenschaft beeindruckte.

»Wirklich – enorm interessant!«, sagte er, nicht ganz ohne Achtung.

»Tja, so ungefähr bin ich! Ich besitze heute 10 bis 20 Millionen. Wie wäre es denn, Herr Tsugami? Wollen Sie nicht, daß ich mich bei der Stierkampf-Unternehmung Ihrer Zeitung beteilige?«

Überrascht trafen Tsugamis Blicke mit denen von Okabe zusammen, und da sah dieser kurz weg, doch nachdem er sich in aller Ruhe eine Zigarette angezündet hatte, wandte er sich seinem Gast wieder zu. Seine Augen hatten jetzt etwas höchst Penetrantes, er starrte Tsugami fast herausfordernd an.

Falls, erklärte er, die Neue-Osaka-Abendzeitung mit einem gemeinsam getätigten Kauf der Stiere nicht einverstanden sei, wäre er seinerseits bereit, die Tiere allein zu übernehmen. Auch die Kosten des Transports und der Veranstaltung selbst, ja überhaupt alles, was mit den Stieren zusammenhänge, würde er bezahlen. So könnte Tsugami den Stierkampf stattfinden lassen, ohne daß seiner Zeitung Ausgaben erwüchsen – es stehe der Zeitung jedoch frei, soviel daran zu verdienen, wie sie wünsche. Okabe sagte dies ganz ruhig, aber es schwang nach Tsugamis Empfinden ein allzu selbstbewußter Unterton mit.

»Tja, das ist so eine Sache...«, meinte Tsugami schließlich, nachdem er seinen Gesprächspartner so lange hatte schwatzen lassen, wie dieser es wünschte. Mochte Okabes Persönlichkeit auch leicht beunruhigen, so waren diese Vorschläge bestimmt nicht ungünstig für die Zeitung. Aber Tsugami haßte Okabes zwei kleine, prall von Selbstvertrauen erfüllte Augen, die dieser nun starr auf

ihn gerichtet hielt. Eine heftige Erregung – als gelte es, sich zu duellieren – ließ Tsugami ein wenig erbleichen und fast hochmütig erscheinen.
»Nun – seien Sie, bitte, damit einverstanden, daß der Stierkampf allein von meiner Zeitung veranstaltet wird. Auch für mich ist es ja das erste Unternehmen!«
Das Whiskyglas in der Hand, hörte Okabe, einige Male höflich nickend, zu und sagte dann:
»So? Gut, ich begreife ... Schade, aber es ist nichts daran zu ändern ...«
Damit brachte er auf unerwartet schlichte Weise die Aussprache über diesen Punkt zu Ende. Als wollte er eine neue Atmosphäre schaffen, sagte er, während er Tsugami Whisky eingoß:
»Ja – irgendwie mag ich Sie! Sie gefallen mir! Sie wollen es selber schaffen! Ich finde es auch sehr richtig, daß Sie sich allein auf Ihre Kraft verlassen wollen. Sie haben mein Angebot zurückgewiesen, aber ich bin Ihnen nicht im mindesten böse!«
Es war nicht recht klar, wie weit das stimmte, aber Okabe sah in der Tat gutgelaunt aus.
Infolge des elektrischen Lichts herrschte in diesem Raum unter Tag die Stimmung der Nacht, aber als Tsugami und Tashiro wieder auf die Straße traten, senkte sich über das weite, von Brandbomben zerstörte Viertel die leichte Dämmerung des Winterabends.

»Warum haben Sie sein Angebot abgelehnt? Ist das nicht schade?«, fragte Tashiro, der Tsugami mit ein paar Schritten eingeholt hatte.
»Ja, eigentlich schon ...«
Bereits vor Tashiros Frage hatte Tsugami es selbst so empfunden. Beide Männer schlugen jetzt ihren Mantelkragen schweigend hoch und schritten nebeneinander her. Sie wichen einem Lastwagen aus und blieben, einander zugewandt, am Straßenrand stehen.
»Ich habe«, begann Tashiro, »bisher noch nicht darüber gesprochen, aber da ist noch ein recht lästiges Problem ...«
Für den Transport der zweiundzwanzig Stiere waren acht Eisenbahnwagen nötig, aber zur Zeit fuhren von der Stadt W nicht mehr als 2 Waggons ab. Da dies bei weitem nicht genügte, hatte er, um zusätzliche Wagen zu erhalten, mit der Eisenbahnverwaltung Hiroshima verhandelt, aber keinen Erfolg erzielt. Die Kohlensituation sei, argumentierten die Beamten, außerordentlich schlecht, man besitze auch keinerlei Wagenreserven.
Während ihm Tashiro davon berichtete, ging Tsugami stumm des Wegs. Ihm war wieder, als stürzten zahllose schaumgekrönte Wellen von dem ungeheuer weiten Meer her auf ihn zu.
»So ist also die Lage vorerst ...«, sagte Tashiro und fuhr fort: »Als einzige Möglichkeit verbleibt

nur noch, daß Okabe, der über hervorragende und weitreichende Geschäftsbeziehungen verfügt, mit den zuständigen Stellen verhandelt, damit sich die Eisenbahnverwaltung eine Lösung ausdenkt!«
Da blieb Tsugami plötzlich stehen und sagte mit einem strengen Blick auf Tashiro:
»Sie haben also schon mit ihm gesprochen!«
Tashiro lächelte frech.
»Er ist ein großartiger Mann! Er hat mir zugesagt, uns auch dann zu helfen, wenn Sie sein Angebot zurückweisen sollten!«
Tsugami empfand auch nur die geringste Unterstützung durch Okabe als höchst unangenehm, aber er hatte das Gefühl, daß dieser dreiste, kleine Mann schon in das Stierkampf-Unternehmen hineingeschlüpft war. Tashiro hatte Okabe das Problem also schon längst vorgetragen, und wenn er ihn vorhin gefragt hatte, ob seine Zeitung die Stiere nicht kaufen wolle, so war dies offenbar die Bedingung Okabes gewesen, unter der er weitere Hilfe versprach.

Sakiko hatte Tsugami seit Jahresbeginn nicht mehr gesehen. Er war zu den Neujahrs-Feiertagen nicht zu seiner Familie in die Tottori-Präfektur gefahren, sondern hatte auch fast jede Nacht in seinem Redaktionszimmer verbracht und unter Anspannung aller Kräfte an der Vorbereitung des

Stierkampfes gearbeitet. Trotzdem vermochte Sakiko ihren Wunsch bei ihm durchzusetzen, am Silvesterabend den Neujahrsglocken gemeinsam mit ihm zu lauschen, und so verbrachten beide diese Stunden in einem ruhigen, ihnen schon bekannten Hotel in Okasaki bei Kyoto, wo man das Rauschen des Gartenbachs bis ins Zimmer hören konnte.

Es war eine prachtvolle Sternennacht mit einem großen, dunstigen Mond. Der Wind, der seit längerem geweht hatte, war plötzlich fort. Punkt zwölf Uhr begannen – erstmals nach vielen Jahren – von den großen Tempeln Kyotos die Glokken zu ertönen. Tsugami, der bis dahin, an einem kleinen Tische den mitgebrachten Whisky langsam schlürfend, in sein neues Notizbuch das Programm bis zum 20. Januar, dem ersten Stierkampftag, eifrig eingeschrieben hatte, legte, als die Glocken zu läuten anfingen, die Feder weg und lauschte ihnen. Sie ertönten in festen Intervallen von nah und fern, die zahllosen Klänge schichteten sich nachhallend übereinander, stießen zusammen, schrien gemeinsam auf und trugen die kalte Luft der späten Nacht wie in unzähligen Wasseradern herbei.

Die beiden saßen lange schweigend da. Es war eine wundersam ruhige Stunde, wie sie Sakiko mit Tsugami bisher noch nie erlebt hatte. Ihr war, als sei aus dem Gesicht dieses Mannes, der mit einem Mal nicht mehr an seinen Beruf dachte, ein teuflischer Zauber gewichen. Es erschien ihr nun von seltsam durchsichtiger Naivität. Was war das doch, dachte sie, für ein bemitleidenswertes Gesicht! Und dann wurde sie plötzlich nicht etwa von Liebe oder Haß ergriffen, sondern war fast davon überzeugt, daß dieser Mann ohne sie verloren sei. Es war dies ein unsagbar reines Gefühl, das mit Liebe nichts zu schaffen hatte. Unaufhörlich tönten die Tempelglocken, eine nach der anderen, weiter.

Als die einhundertachte halb verklungen war, erhob sich Tsugami, öffnete das Fenster und blickte, eine Weile dort stehend, hinaus. Auch Sakiko verließ ihren Platz und trat zu ihm hin. Draußen breitete sich eine unheimlich dunkle, tiefe Nacht, durch die nur noch der Nachhall der Glocken strömte. Durch das Dickicht zahlloser Bäume drang kein einziges Licht der Stadt herüber. Sakiko fühlte sich plötzlich beunruhigt. Bei dem Gedanken, daß sie jetzt beide, wie zwei sich innig Liebende ruhig und dicht beieinanderstehend, den Glockenklängen lauschten, die das alte Jahr verabschiedeten, überkam sie eine drohende Vorahnung. Erlebten sie beide nicht vielleicht deswegen eine solche Nacht gemeinsam, weil ihnen bevorstand, sich bald zu trennen?

Dann trat Sakiko wieder zurück und setzte sich vor einen kleinen, roten Toilettentisch, der in einer Ecke des Zimmers stand. Noch immer pochte heftig ihr Puls. Wie ein bleiches Fuchsgespenst starrte ihr aus dem Spiegel das Gesicht einer Frau entgegen, die drei – für eine Frau zu Beginn ihrer Dreißiger so kostbare – Jahre diesem Manne nur in Leid und Kummer angehangen hatte.
Auch einer leichten Erkältung wegen brachte Sakiko einige Januartage, in denen es wärmer als üblich war, in ihrem Pensionszimmer zu. Nach drei Tagen häuften sich in der Neuen-Osaka-Abendzeitung die Artikel, die von Stierkämpfen handelten. Ein berühmter Opernsänger, der seit langem den José aus ›Carmen‹ ungemein erfolgreich spielte, legte seine Meinung über den Stierkampf dar; und bereits am Tag darauf wurde in großer Aufmachung eine Plauderei mit dem als Sportsmann berühmten Grafen F über Stierkämpfe veröffentlicht; ein alter Bildhauer, der ausschließlich kämpfende Stiere zu schnitzen pflegte, wurde den Lesern mit einem Photo vorgestellt, und unter der bedeutungsvollen Überschrift »Vom Standpunkt des Fachmanns« ließen sich angehende Box-Champions über den Stierkampf aus. Als Sonderbeitrag erschien mit dem Titel »Ich besuchte den Stierkampf in Süd-Iyo« der Bericht eines Journalisten, der eigens in die Stadt W gesandt worden war.

Sakiko interessierte sich für den Stierkampf nicht im mindesten, aber sie spürte an der Art und Plazierung der Artikel sofort Tsugamis zwar gefühllose, aber fiebrig heiße, ja verhexte Augen. Die für ihn bezeichnenden Ideen, Pläne, Vorlieben und Angewohnheiten sprangen ihr ohne weiteres aus der Zeitung entgegen, kaum daß sie sie aufgeschlagen hatte. Allein schon wenn sie Artikel las, in denen man für die Veranstaltung dadurch künstlich Stimmung machen wollte, daß man einen alten Mann aus Shikoku von seinen dreißigjährigen Erfahrungen als Stier-Treiber erzählen ließ, oder wenn mitgeteilt wurde, daß die Tagesschauen *Nihon-News* und *World News* die Atmosphäre auf dem Kampfplatz in einem Film festhalten wollten, erschien vor ihren Augen Tsugamis Gestalt, der hinter alldem stand, sämtliche Projekte schmiedete, Verhandlungen führte und unter Aufbietung all seiner Kräfte um den Erfolg der Veranstaltung kämpfte.

Am 8. Januar wollte Sakiko ihn endlich wiedersehen. Sobald sie sich dazu entschlossen hatte, vermochte sie ihre Ungeduld kaum mehr zu zügeln. Vom nächsten Tag an mußte sie in dem Modegeschäft an der Shinseibashi-Brücke, wo sie angestellt war, ihre Arbeit wiederaufnehmen, und außerdem war jener sie so beunruhigende Gedanke aus der Silvesternacht auch nach Beginn des neuen Jahres wie eine wunderliche Geschwulst in ihrem Herzen zurückgeblieben.

Als sie bei der Redaktion anrief, erfuhr sie, daß Tsugami sich seit ein paar Tagen schon im Büro des Hanshin-Baseballstadions aufhielt.

Tsugami hatte ihr streng untersagt, aus irgendeinem Grund an seiner Arbeitsstätte zu erscheinen, aber darum kümmerte sie sich nun nicht. Es war ein nur spärlich heller, kalter Nachmittag, jeden Augenblick schien es schneien zu wollen. Sakiko stieg am Bahnhof Nishinomiya aus. Sie hatte das moderne Gebäude des riesigen Rundstadions bisher oft vom Zug aus gesehen, aber heute betrat sie es zum ersten Mal. Als sie in dem leeren, wie ausgestorben wirkenden Gebäude das Ende des Gangs erreicht hatte und dann nach links abbog, traf sie auf ein kleines Geschäftszimmer, das wie eine Kabine aussah und zu den gewaltigen Massen des Gebäudes in groteskem Mißverhältnis stand.

Sie drückte die Tür auf. Vier, fünf Männer – es mochten Journalisten oder Besucher sein – saßen Zigaretten rauchend um ein Shichirin-Öfchen. Jenseits davon stand Tsugami, den Mantelkragen hochgeschlagen und den Hörer seines Schreibtischtelefons ans Ohr gepreßt, und telefonierte mit lauter Stimme. Als er Sakiko eintreten sah, stach sein Blick kalt in ihr Herz. Es war ein vorwurfsvoller, im übrigen aber gefühlloser Blick. Nachdem er das ziemlich lange Telefonat beendet hatte, verließ er den Raum. Sakiko folgte ihm. Er schritt durch den sanft ansteigenden, zickzackförmigen und halbdunklen Zementgang vor ihr her, und seine Schritte hallten überlaut durch das Gebäude. Sie stiegen sie bis zum dritten Stock hinauf, und da, wo der Gang zur Tribüne hinausführte, blieb Tsugami stehen und wartete auf Sakiko.

»Was gibt's?«, waren seine ersten Worte, als sie nähertrat. Seine Wangen waren bleich und erschreckend eingefallen. Er warf, wie er dies bei schlechter Laune zu tun pflegte, flüchtig einen stechenden Blick auf sein Gegenüber und sah dann wieder weg.

»Darf ich nicht zu dir kommen, wenn es nichts Besonderes gibt?«, antwortete sie in einem möglichst unbeschwert klingenden Ton, während sie, das Gesicht halb in dem dunkelblauen Mantel vergraben, ihn von unten her ansah. Sie hätte sonst wohl etwas spitzer gesprochen. Um sie her befanden sich die obersten Reihen des Innenfelds; auf den weiten, leeren Tribünen, zu denen man von hier aus hinuntersehen konnte, zogen sich kalt wirkende Bänder aus vielen primitiven Holzstühlen dahin. Infolge der Höhe wehte ein scharfer Wind, und die dünne Nachmittagssonne ließ das

aschgraue Gebäude des Stadions öde und grob erscheinen.
»Habe ich dir nicht gesagt, daß ich im Augenblick irrsinnig zu tun habe?«
»Ich sehe dich heute zum ersten Mal im neuen Jahr! Schau mich nicht so wütend an, weil ich jetzt hier bin! Was bedeute ich dir denn überhaupt noch??«
»Laß das! Schon wieder fängst du damit an... Ich bin wie zerschlagen vor Müdigkeit!«
Seine Stimme klang so heftig, daß sie fast Hilflosigkeit verriet. Sakiko sah bleich zu ihm auf, der unzufrieden und gleichgültig eine Zigarette zwischen den Lippen hielt und sein Haar im kalten Wind flattern ließ. Als Tsugami merkte, daß sie sich wie zu einem Zweikampf gegenüberstanden, sagte er:
»Na – setz dich!«, und nahm auf dem Stuhl zu seinen Füßen Platz. Sakiko setzte sich daneben.
Soweit der Blick reichte, dehnten sich die winterlich kahlen Felder um das Baseballstadion nach Westen und Osten aus. Während des Krieges waren die wichtigsten Rüstungsfabriken von Osaka und Kobe in die große Ebene zwischen den beiden Städten evakuiert worden, aber von hier aus betrachtet, lagen die Gebäude jetzt seltsam schwerelos, wie Papierschnitzel, über das weite Feld verstreut. Darunter befanden sich Häuser,

die ihr kompliziertes Eisengerippe wie ein Wrack zum Himmel emporreckten und andere, vor denen in den Ecken des Grundstücks ganze Hügel kleiner Eisenteilchen gehäuft lagen. Sah man aufmerksam umher, entdeckte man zahllose Kamine und Telegraphenmasten; wie ein Spinnennetz überzogen elektrische Drähte kreuz und quer das Gelände. Hin und wieder fuhr, wie Spielzeugwagen schwankend, die Vorortbahn über das Fabrikgelände, durch Wälder und an Hügeln vorbei. Ganz im Westen waren die Rokko-Berge zu erkennen. Und über diese weite und öde Landschaft, in der sich der Schmutz der Zivilisation und die Strenge der Winternatur miteinander vermischt hatten, hing tief ein wolkiger Himmel herab.

Sakiko ließ ihre Augen schweigend über diese kalte Landschaft schweifen, aber insgeheim dachte sie an den Kummer, den ihr eine Trennung von Tsugami bereiten würde und wie sehr sie schon heute unter seinem herzlosen Verhalten litt. Sie erkannte mit einem Mal, daß sie an diesem Tage gekommen war, um von ihm wenigstens einen kleinen Brocken Liebe zu erhalten und ihr Herz daran zu erwärmen. Mochte diese Liebe auch grausam verlogen sein, so hoffte sie doch, schon durch ein einziges, wenn auch unaufrichtiges Wort liebevoller Besorgtheit getröstet zu werden. Sie starrte in das Gesicht dieses Mannes, der neben ihr saß und den ihr Kummer nicht das mindeste zu kümmern schien. Mit einem Mal brach in ihr erneut Zorn gegen Tsugami auf, der sich nicht einmal die Mühe machte, sie zu betrügen. In kaltem Ton, als forderte sie die Rückzahlung einer Schuld, bat sie ihn in einem spontanen Einfall, die Teezeremonie im Ninnaji-Tempel, zu der sie Freunde aus Kyoto eingeladen hatten, mit ihr gemeinsam mitzumachen. Aber über sein Gesicht flog nur ein Ausdruck des Unwillens, und er äußerte kein Wort.

»Nur an diesem einzigen Tag, dem vierzehnten!«

»Das ist völlig unmöglich!«

»Der Nachmittag würde mir genügen. Also nur einen halben Tag lang ...«

»Ich kann einfach nicht! Bis der Stierkampf vorüber ist, sind mir alle Hände gebunden!«

Dann verzog er mißgelaunt das Gesicht und erklärte, er denke nicht daran, dort öffentlich als ihr Liebhaber zu erscheinen.

»Das heißt also: unsere Beziehungen sind damit zu Ende ...«, erwiderte Sakiko mit heiserer Stimme und fuhr fort:

»Ich bin ja auch zu dumm, daß ich mit dir überhaupt darüber rede – ich wußte es doch, daß du mich von dir wegstößt!«

»Ich stoße dich doch nicht von mir weg!«

»Wie? Du glaubst nicht, daß du mich von dir wegstößt?«

Ihr Zorn gegen diesen gefühlskalten Mann ließ sie mit einem Mal ihre ganze Beherrschung verlieren.

»Stoß mich ruhig noch weiter weg! Und wenn ich dann den Abgrund hinunterrolle, interessiert mich nur noch, mit was für einem Gesicht du mir zusiehst!«

Hierauf schwiegen sie. Als die heftigen Emotionen abgeklungen waren und es nichts mehr zu besprechen gab, breitete sich, ähnlich wie die Oberfläche eines Wassers eindunkelt, in Sakikos Herzen hilfloser Kummer aus. In dieser widrigen Stimmung verblieb keine andere Möglichkeit mehr, als daß sich einer von beiden als erster erhob.

Nach einer Weile erklärte Tsugami unvermittelt, es sei ihm etwas eingefallen, was er ganz schnell erledigen müsse, und er begab sich ins Bürozimmer hinunter. Nach fünf Minuten kehrte er jedoch eilig zurück und sagte, er müsse noch heute drei, vier außerordentlich wichtige Angelegenheiten unbedingt in Ordnung bringen, und so gehe das bis zum Tag der Stierkampf-Veranstaltung weiter. Dann fragte er Sakiko in einem leicht veränderten, freundlicher klingenden Ton, ob sie nicht nach Beendigung des Stierkampfes mit ihm in ein Bad nach Kishu reisen wolle.

»Alles geht schief! Eine Erwartung nach der anderen wird enttäuscht!«, sagte er, als suche er nach einer Ausrede.
Er zeigte hinunter, wo in der Mitte des Spielfeldes ein weißer Kreis gemalt war: dort sollte ein mit Bambusrohren umgebener Kampfring von etwa vierzig Metern Durchmesser angelegt werden, aber nicht einmal dieses Projekt hätte sich planmäßig verwirklichen lassen. Er habe die Stierzucht-Vereinigung der Stadt W dringend gebeten, jemanden herzuschicken, der den Bau dieses »Rings« leiten sollte; aber nachdem der Mann endlich eingetroffen war, wurde das Bambusmaterial lange nicht angeliefert. Heute morgen sei der Bambus schließlich gekommen, aber nun liege der für die Leitung dieser Arbeit unentbehrliche Mann seit gestern erkältet zu Bett. Tsugami wurde offensichtlich von einer Unmenge schwierigster Probleme bedrängt. Als Sakiko vorhin im Büro erschienen sei, habe er wegen des Feuerwerks telefoniert, das am Tag vor der Veranstaltung im Nakanoshima-Park abgebrannt werden solle; zunächst sei ihnen die Erlaubnis erteilt, doch dann unerwartet wieder entzogen worden. Es sei dies, hieß es, nach Kriegsende das erste Feuerwerk, es gebe äußerst strenge Vorschriften für die Überwachung aller Sprengstoffarten; man wolle sich zwar auf seiten der Stadt durchaus bemühen, doch

könne die Genehmigung nicht verbindlich versprochen werden.
»Aber ich kann«, sagte Tsugami mit deutlich verärgerter Miene, »auf keinen Fall darauf verzichten! Ich möchte tagsüber einige zehn Feuerwerkskörper abbrennen und nachts, wenn irgend möglich, besonders prachtvolle Dinger in den Himmel steigen lassen!«
»Oh, das ist hübsch!«, meinte Sakiko. »Ob Osaka dabei in Flammen aufgeht, ist ja nicht so wichtig. Ich finde es jedenfalls großartig, wenn hoch über den dunklen, von Brandbomben zerstörten Stadtteilen plötzlich Chrysanthemen aufflammen!«
Sie war fest entschlossen gewesen, fortan zu schweigen, aber nun waren ihr unwillkürlich diese ironischen Worte entschlüpft. Als sie »Chrysanthemen« sagte, fiel ihr ein, daß Tsugami die Feuerwerkskörper sicher in Form von Stieren abbrennen wolle. Doch als sie an seinem ernsten Gesicht sah, daß er so etwas tatsächlich zu planen schien, erschrak sie. Vor ihren Augen tauchte in aller Kühle sein Gesicht auf, das nach Erlöschen des Feuerwerks in die sich ringsum ausbreitende Dunkelheit starrte, ein Gesicht, das nur sie allein kannte.

Dann sagte er, es warteten im Büro noch der Drucker, der Transporteur und der Vertreter einer Bestattungs-Firma auf ihn. Bei allen gäbe es

Schwierigkeiten wegen der Bezahlung, sie seien heute erschienen, um sich ihr Geld zu holen, und er sehe im Augenblick keinen anderen Ausweg, als mit ihnen irgendwohin zechen zu gehen. Der Leichenbestatter trete der Zeitung etwas von dem Gasolin ab, das er für die Zwecke seines Geschäfts, also für Bestattungen, zugeteilt erhalte, außerdem müsse seine Zeitung, die in den Straßen von Osaka und Kobe zur Reklame für den Stierkampf Lautsprecherwagen umherfahren lassen wolle, sich auch hierbei der Hilfe dieser Firma bedienen. »Warum sollte es denn unstatthaft sein, wenn die für unsere Reklame nötigen Lautsprecherwagen mit Possenreißern, Revuegirls und Schallplattenmusik aus der gleichen Garage stammen wie die Leichenwagen, die zum Krematorium fahren?«
Er sagte das ohne jedes Lächeln. Sakiko erkannte sehr wohl, daß er ermattet und gereizt war. Doch sie übersah auch nicht, daß es ihn, auch wenn er in bedrückter Stimmung jetzt so redete, auf eine ihm sehr eigentümliche Weise auch lockte, von vielerlei, nicht selten zweifelhaften, Geschäften überbeansprucht zu sein.
Anders als auf dem Hinweg stand Sakiko nun fröstelnd, so daß sich ihr weder Körper noch Herz erwärmen wollten, allein auf dem kalten Perron des Nishinomiya-Bahnhofs und wartete auf den Zug nach Osaka. Während sie sich, einen dicken

Schal um den Hals geschlungen, an ein Holzgatter lehnte, fiel ihr plötzlich ein, daß Tsugami bei seinem Stierkampf-Unternehmen vielleicht scheitern würde. Der Gedanke durchfuhr sie wie ein Blitz. Sie zitterte, von dieser Vorahnung, die einer Gewißheit glich, bedrängt, am ganzen Leibe. »Oh, es wird schiefgehen! Es wird alles schiefgehen!«, flüsterte sie vor sich hin. Und unsicher, ob es in Liebe oder als ein Fluch geschah, blickte sie dem gefühllosen Tsugami nach, der sich eben von ihr verabschiedet hatte.

Zehn Tage vor dem Beginn des Stierkampfes handelten bei der Neuen-Osaka-Abendzeitung täglich ein bis zwei Seiten von diesem Ereignis. Eine große Zeitung hätte Schwierigkeiten gehabt, für eine eigene Veranstaltung Propaganda von solchem Umfang zu betreiben, doch hierin lag der angenehme Vorteil eines kleinen Blattes, und so waren, außer wenn es sich um sehr wichtige allgemeine Nachrichten handelte, fortan fast alle Seiten mit Artikeln über dieses Thema gefüllt. Die Leitartikel und auch die beliebten in Fortsetzung erscheinenden Bildergeschichten waren mit Zeichnungen miteinander kämpfender Stiere versehen; und das boshafte Gerede der Journalisten der B-Zeitung »Tsugami gibt nun eine Stierzeitung heraus!« drang immer wieder an dessen Ohr. Doch

Tsugami wie auch sein Chef Omoto stellten sich taub und waren fest entschlossen, die Zeitung bis zum Veranstaltungstag um jeden Preis als eine »Stierzeitung« erscheinen zu lassen. Nachdem eine Sammlung Stierkampf-Lieder durch ein Preisausschreiben ausgewählt und veröffentlicht worden war, gab die Zeitung als nächstes die Namen der auftretenden zweiundzwanzig Stiere bekannt. Und als am gleichen Tag ein junger Journalist zu bedenken gab, ob man nicht – mochte dies auch ein wenig penetrant erscheinen – das Erraten der siegreichen Stiere prämiieren solle, griff Tsugami dies auf der Stelle auf. In solchen Situationen schien Tsugami, eine Zigarette im Mund, zunächst vag ins Leere zu starren, aber schon im nächsten Augenblick rief er dem Partner gellend laut seine Antwort so schnell zu, daß dieser kaum zum Überlegen kam. In diesen Momenten schien er eher einer übernatürlichen Eingebung als seinem Verstand zu folgen. Je mehr mit dem herannahenden Stierkampf die auf ihn eindrängenden Aufgaben zunahmen, desto wortloser und aktiver wurde er.

Die von dem jungen Journalisten T außerhalb der Zeitungsspalten geführte Reklame entfaltete sich glänzend. An wichtigen Plätzen wie den Endstationen Ueda, Naniwa, Jôroku und den Bahnhöfen der U-Bahn erregten riesige Plakate, auf denen zwei mit den Hörnern ineinander verklammerte Stiere abgebildet waren, die Aufmerksamkeit der Fahrgäste. Kleinere Plakate von gleicher Art waren in allen Reklamekästchen der Vorortzüge und Busse befestigt. Und die durch ein Preisausschreiben prämiierten »Stier-Sumô-Lieder«, die in einem Theater im Shinseibashi-Viertel bekanntgegeben und dort auch zum ersten Mal gesungen worden waren, wurden nun durch die Lautsprecher der Tag für Tag herumfahrenden Lautsprecherwagen in die vorwinterlichen Häuschen hineingeschmettert. Von diesen Wagen gab es in Osaka drei, in Kobe zwei, und auf allen fuhr je eine Revuetänzerin mit.

Die Kosten, einschließlich der Aufwendungen für den Bau des »Kampfrings« und der Stierställe, überstiegen die Erwartungen weit: die Neue-Osaka-Abendzeitung hatte sich wahrlich eine allzu schwere Last aufgeladen. Vor allem schlug die Finanzabteilung Alarm. Sie ordnete Einsparungen bei Geschäftsreisen, Abendeinladungen, eine Kürzung verschiedener anderer Ausgaben sowie den Stopp der Vorauszahlungen an, die, um dem Mangel an Taschengeld der Angestellten vorübergehend abzuhelfen, bisher stillschweigend und halb offiziell anerkannt worden waren; sogar die am Fünfzehnten jeden Monats fälligen Zahlungen für geleistete Nachtarbeit wurden bis zum Monatsende verschoben. Als dieser Aufschub am Schwarzen Brett angeschlagen wurde, nahm der Leiter der Gesellschafts-Abteilung Tsugami scharf ins Gebet:

»Herr Tsugami, wir kommen, falls die Ausgaben noch weiter ansteigen, wirklich in die unangenehmste Bedrängnis! Viele unserer Leute haben sich auf die Auszahlung der Nachtarbeitsvergütung am Fünfzehnten fest verlassen, sie rechnen damit!«

Vier Tage vor der Veranstaltung erhielt Tsugami von Tashiro ein Telegramm:

»Morgen früh sechs Uhr Ankunft Stiere Sannomiya.«

Die Ställe für die zweiundzwanzig Stiere waren auf einem von Brandbomben zerstörten Wohngelände vor dem Bahnhof Nishinomiya inzwischen fertig geworden, und auch für die Unterkunft ihrer Eigentümer sowie der Stiertreiber – insgesamt über hundert Personen – war in Hotels und Gasthöfen nahe der Stadt Nishinomiya gesorgt worden.

Am Abend tranken Omoto und Tsugami in Omotos Stammbar an der Neuen Umeda-Straße Whisky zusammen.

»Jedenfalls werden die Stiere bald da sein...«, sagte Tsugami.

Dem Gesicht der beiden Männer war deutlich Erleichterung anzusehen.

»Ja, sie können nun unmöglich mitsamt den Güterwagen unterwegs verschwinden! Aber es hat doch alles ungeheuer viel Geld verschlungen!«
Es klang ein wenig Unzufriedenheit daraus, aber Tsugami tat, als merkte er nichts, und er achtete auch nicht weiter darauf.
»Geschäftliche Unternehmungen sollen heutzutage, wie es heißt, meist das Fünffache der veranschlagten Kosten verursachen! Falls sie, wie bei uns, nur dreimal so hoch sind, können wir zufrieden sein!«
»Hm, allzuviel wird ja nun auch nicht mehr nötig sein ...«
»Dieser Meinung bin ich auch. Im übrigen wird sich schon ein Ausweg finden ...«
»So reden Sie, weil Sie Journalist sind, aber 100 000 bis 200 000 Yen lassen sich nicht aus dem Boden stampfen!«
Tsugami wäre beinahe ein ironisches ›Schlimmstenfalls, Chef, besitzen ja Sie diese Summe‹ über die Lippen gekommen, aber er unterdrückte das und sagte ruhig:
»Nach fünf Tagen, Chef, wird eine Million Yen hereinrollen!«
Pro Tag rechnete man mit 30 000 Besuchern, das waren an drei Veranstaltungstagen etwa 100 000 Menschen. Es gab 5000 »Ringside«-Karten zu je 50 Yen, 20 000 Innenfeld-Karten zu 40 Yen, die

übrigen 75 000 Karten für das Außenfeld und die hintere Seite des Innenfelds kosteten je 30 Yen. Als Gesamtertrag aus dem Kartenverkauf waren also 3,3 Millionen Yen zu erwarten; zog man 1 Million für die Ausgaben ab, blieb noch immer ein Reingewinn von 2,3 Millionen Yen. Teilte man diesen mit Tashiro, so kam, nach Tsugamis Schätzung, immerhin eine Million für die Zeitung herein.
Ursprünglich war es – wie man sowohl innerhalb wie außerhalb der Zeitung glaubte – Tsugami gewesen, der die manchmal allzu großzügigen und gern improvisierenden Geschäftsmethoden seines Chefs Omoto zügelte, aber von einem gewissen Zeitpunkt ab hatte sich dies ins Gegenteil verkehrt. Die beiden Männer wußten das selber am besten. Tsugami erkannte in dem oft recht vagen und beinahe zur Verschwendung neigenden Omoto zu seiner Überraschung plötzlich den Hang zu übertriebener Vorsicht und zu pedantisch ausgetüftelter Berechnung, und Omoto glaubte – mit der Intuition, die man gelegentlich einem langjährigen Bekannten gegenüber hat, in dem sehr gewissenhaften, manchmal recht schwierigen und fast hart wirkenden jungen Journalisten, den er im übrigen für außerordentlich klug und geschickt hielt, eine nicht recht vertrauenswürdige Leidenschaft entdeckt zu haben, die der unbezähmbaren Gier eines Irren glich.

Am nächsten Morgen fuhr Tsugami mit der frühesten Vorortbahn zum Sannomiya-Bahnhof. Der Güterzug war zwei Stunden eher als Tashiro erwartet hatte, nämlich schon um vier Uhr morgens, eingetroffen, die ganze Fracht wurde eben in der Halle ausgeladen. Es war ein kalter Morgen, der Boden fest gefroren. Die zweiundzwanzig Stiere, von deren siebenhundertfünfzig Kilo schweren, gewaltigen Körpern Dampf aufstieg, waren, von den Treibern begleitet, an dem Holzzaun des Bahnhofsgeländes angebunden. Aus der Gruppe von Männern, die neben dem Lagerhaus ein Holzfeuer angemacht hatten, kam Tashiro fröstelnd, das Kinn in seinem Ledermantel vergraben, herbei. Er rief Tsugami irgend etwas zu und fragte ihn dann:

»Na, was sagen Sie dazu? Sind das nicht herrlich kräftige Tiere!«

Und er fügte, mit dem Kinn auf sie weisend, hinzu:

»Das sind andere Stiere, als die, die sich in Kobe und Osaka von Speiseresten nähren müssen!«

Er unterließ jede Begrüßung und wirkte, beide Hände in den Taschen vergraben und die Zigarette im Mund, triumphierend ganz wie ein sehr selbstsicherer Vergnügungsmanager.

»Das war bestimmt eine Riesenarbeit!«, meinte Tsugami.

»Weil wir genügend Güterwagen zur Verfügung hatten, ist aber alles gutgegangen. Die Fahrt hierher dauerte freilich so lange, daß ich total erschöpft bin! Wir waren immer wieder zu übernachten gezwungen! Es ist heute der fünfte Tag, seit wir in W aufbrachen!«
Er sagte das mit einem Gesicht, dem nicht die geringste Müdigkeit anzusehen war.
»Der Zug der Stiere durch die Straßen wird also hundertprozentig stattfinden!«, begann er gleich wieder von Geschäften zu reden. Nach dem Programm brachen die Sumô-Stiere an diesem Morgen um acht Uhr von Sannomiya auf und zogen durch ganz Kobe bis zu ihren Ställen in Nishinomiya. Am nächsten Tag sollten sie von Nishinomiya nach Osaka, dort ebenfalls durch die Straßen ziehen und schließlich nach Nishinomiya zurückkehren. Tsugami war vor allem der körperlichen Kondition der Tiere wegen besorgt, die lange Zeit in den Waggons hin und her geschüttelt worden waren, doch Tashiro sah hierin kein Problem:
»Gerade weil sie so lange stehen mußten, tut es ihnen jetzt gut, wenn man sie in Bewegung bringt!«
Er blickte, um sich über die Wetterlage zu orientieren, zum Himmel auf, sah dann auf seine Armbanduhr, erklärte, er müsse jetzt schnell noch den

Bahnhofsvorsteher begrüßen und begab sich mit den tiefe Befriedigung verratenden Schritten eines Kompaniechefs, der seine ausrückende Truppe eben inspiziert hat, auf die andere Seite.

Tsugami wollte gerade zu den Stierzüchtern, die er von seinem Besuch in der Stadt W flüchtig kannte, da zog ihn N, ein Reporter seiner Zeitung, der den Transport bis hierher begleitet hatte, zur Seite.

»Da, schauen Sie einmal hin!«, flüsterte er Tsugami zu und blinzelte bedeutungsvoll dahin, wo in der Nähe des Ein- und Ausgangs im Westteil des Geländes, am Ende des Holzzauns, vier, fünf Männer gewaltige Gepäckstücke auf einen Lastwagen hoben. Als Tsugami genauer zusah, erkannte er Tashiro unter ihnen. Er stand neben dem Lastwagen und beaufsichtigte das Verladen.

»Tashiro behauptet«, erklärte N, »die ganze Fracht da sei Futter für die Stiere, und man habe sie für sie hierher geschafft. Nach meiner Überzeugung ist aber Tashiro ein ziemlicher Gauner!«

Er berichtete, Tashiro habe in der Stadt W mit der Begründung, es handle sich um Futter für die Stiere, merkwürdige, in Strohmatten eingewickelte Gepäckstücke in die Waggons laden lassen. Als er, N, über deren Menge erstaunt, eines davon genauer betrachtet habe, war es mit getrockneten Bonitofischen vollgepropft. Er habe heimlich dann noch andere Gepäckstücke untersucht, und da sei »schwarzer« Zucker herausgequollen.

»Ein reichlich komisches Stierfutter! Wer weiß, was da noch alles zum Vorschein kommt! Aber weil für unsere Zeitung Tashiro ein unentbehrlicher Partner ist, tat ich auf der Herfahrt, als hätte ich nichts bemerkt. In Takamatsu ist es aber dann toll zugegangen!«

Durch ein Erdbeben, das unglücklicherweise in der Kishu-Bucht stattfand, war das Geleise, auf das in Takamatsu die Waggons auf das Fährschiff geschoben werden sollten, auseinandergerutscht, und deswegen mußten bei der Hälfte der acht Waggons Tiere wie auch sonstige Ladung vorübergehend ausgeladen, auf das Schiff gebracht und in Uno erneut in Güterwagen geschafft werden. Tashiro benahm sich da sehr nervös. Er lief den ganzen Tag in Takamatsu herum und hat nach Einbruch der Dunkelheit von fünf, sechs Männern das »Futter für die Stiere« aus den Waggons laden und irgendwohin transportieren lassen.

»Und daher«, fuhr N fort, »ist das, was jetzt auf die Lastwagen verladen wird, die Fracht der Wagen, die nicht umgeladen werden mußten!«

N schien ziemlich wütend zu sein und schimpfte auf Tashiro Stein und Bein. Für Tsugami war das alles keineswegs unvorhersehbar gewesen, aber als er es jetzt mit eigenen Augen sah, kam ihm die Galle hoch. Er ging zu dem Lastwagen hin und schlug Tashiro, der mit dem Rücken zu ihm dastand, auf die Schulter seines Ledermantels.

»Oh, haben Sie es also gemerkt?«, fragte Tashiro.

»Natürlich! Sie treiben es ja reichlich offen!«

»Ach ja ...«, erwiderte Tashiro ausweichend, doch dann wurde sein Gesicht ernst und er fuhr fort: »Es sind alles Frachtstücke für Okabe!«

Als Tsugami näher hinsah, erkannte er auf dem Lastwagen tatsächlich die vier weißen Schriftzeichen hanshin kôgyô, den Namen von Okabes Firma. Tashiro erklärte, er habe Okabe diese Gefälligkeit unmöglich verweigern können, denn durch Okabes Einfluß seien ja die acht unbeschaffbaren Güterwagen bereitgestellt worden. So habe er dessen Bitte, ihm etwas von dort mitzubringen, erfüllen müssen! Und er schloß mit den Worten:

»Na, tun Sie eben, als hätten Sie nichts gesehen! Okabe wird uns ja auch weiterhin von großem Nutzen sein!«

»Mir wäre es lieber, wenn wir auf seine Hilfe verzichten könnten! ... Dieser Mensch ...«, sagte Tsugami mit unverändert schlechtgelaunter Miene.

»Aber ich bitte Sie, Herr Tsugami!«, entgegnete Tashiro. »Die Lage ist nun einmal so! Wenn uns ›dieser Mensch‹ nicht heute und morgen unter die

Arme greift, sieht es schlimm für uns aus! Da ist zum Beispiel das Problem der Verpflegung unserer Stiere!«
Die Sumô-Stiere müssen zwei, drei Tage vor dem Kampf mit sehr viel Reis und Hafer, am Kampftag selbst mit Sake und Bier gefüttert werden, kleine Mengen von Reis, Hafer und Sake, erklärte Tashiro, genügten für die zweiundzwanzig Tiere nicht. Er habe die Verpflegung mit Hilfe von Sonderzuteilungen durch die Ehine-Präfektur aufbringen wollen, aber das sei ihm trotz all seiner Bemühungen nicht gelungen. Ebensowenig Erfolg sei ihm bei den Verwaltungsstellen der Hyôgo-Präfektur und Osaka-Stadt beschieden gewesen, die, wie man ihm dort versicherte, nur unter großen Schwierigkeiten die normale Zuteilung beschaffen könnten. So gebe es jetzt nur mehr die Möglichkeit, Okabe um Hilfe zu bitten.
»Wenn wir uns an ihn wenden, wird er uns die Verpflegung für zwanzig, dreißig Stiere für ein paar Tage bestimmt verschaffen können.«
Während er sich mit Tsugami in dieser Weise unterhielt, rief er den Männern, die den Lastwagen beluden, hin und wieder etwas zu, mahnte sie zur Vorsicht oder gab ihnen Zeichen mit der Hand. Tsugami spürte eine bedrückende Unruhe in sich, als würde er von unsichtbaren Fäden zusammengeschnürt. Er war über Tashiros Unverschämtheit

so sehr verärgert, wie er dies bisher kaum erlebt hatte, und er sann nach, was er wohl sonst noch von diesem Mann gewärtigen müsse. Das Problem der Verpflegung für die Stiere konnte er aber unmöglich beiseite schieben, und so sagte er schließlich:

»Schön, ich werde mit Okabe verhandeln ...«

Dann verabschiedete er sich und ging zu dem Transport hin. Dort fand er einige Angestellte seiner Zeitung vor, die mit dem Stierkampf zu tun hatten, und es ging sehr lebhaft bei ihnen zu. Ein paar Leute aus der Photo-Abteilung versuchten, während sie flink hin und her sprangen, die Tiere möglichst günstig in ihre Linse zu bringen. Um sieben Uhr begann man den Stadtumzug der Stiere vorzubereiten. Gerade als diesen prachtvolle Zeremonialtücher auf den Rücken gelegt wurden, erschien Tashiro, der inzwischen seine langen Hosen mit Knickerbocker vertauscht, den Ledermantel ausgezogen hatte und bis zu den Hüften einen Halbmantel sowie auf dem Kopf einen Jägerhut trug. Er sollte auf einem Lastwagen hinter dem Zug herfahren und ihn leiten.

Dann stand plötzlich der Journalist Y vor Tsugami. Er habe, beklagte er sich, schon überall verzweifelt nach ihm gesucht. Könnte man den Umzug nicht eine Stunde früher beginnen lassen, es sei sonst fraglich, ob sie bis Redaktionsschluß mit

den Bildern fertig wären. Tsugami antwortete ihm, er möge sich an Tashiro wenden, er selber habe nichts dagegen, und da meinte Y lachend:
»Ich fürchte, die Kollegen, die heute die Zeitung zusammenstellen, werden in Klagegeschrei ausbrechen!«, und fuhrt fort:
»Zu den Hauptartikeln über den Generalstreik vom 1. Februar und die Jikôson-Sekte sollen sie noch den Daimyô-Umzug der Stiere dazunehmen, und da ist schließlich auch noch der Bericht des Spezialkorrespondeten ›Unterwegs mit den Stieren‹!«
»Tja«, erwiderte Tsugami, »ein paar Tage müssen wir wohl noch Geduld haben, gewissermaßen mit geschlossenen Augen weitergehen ...«
So häuften sich also für die an sich schon in ihrem Raum beschränkte Zeitung die unverzichtbaren Nachrichten. Eine andere, größere Zeitung hätte sich auf den Generalstreik vom 1. Februar konzentrieren müssen, er wäre der unbestrittene Mittelpunkt der Ausgabe geworden, aber Tsugami rückte mit einer in der Tat blinden Entschlossenheit den Stierkampf rücksichtslos in das Zentrum der Spalten.
Y sah auf seine Uhr.
»Oh, es ist schon sieben? Ich habe heute noch entsetzlich viel zu tun!«
Er zündete sich eine Zigarette an, stieß hastig

ihren Rauch mit weißem Atemdunst zusammen aus und ging mit kleinen Schritten schnell auf Tashiro zu.

Der Zug der Stiere brach tatsächlich früher als geplant auf. Vor jedem der zweiundzwanzig Tiere wurde eine an einem Stock befestigte Flagge hergetragen, auf der der Name des Stiers gepinselt war, rechts und links von jedem befand sich ein Treiber, und so verließen die Stiere, mit einem Abstand von jeweils etwa zwei Metern schließlich das Gelände. Bereits an der Straße, die an den Holzzaun des Bahnhofs grenzte, standen die Neugierigen dicht gedrängt beieinander. Während Tsugami dem Zug eben nachsah, sprang Tashiro, der mit ein paar Zeitungsleuten, die ein Mikrofon und Zeitungsfähnchen in den Händen hielten, und den Züchtern der Stiere auf einem hinterherfahrenden Lastwagen gestanden hatte, in einem prachtvollen Schwung herunter, kaum daß sich der Wagen in Bewegung gesetzt hatte, und rannte zu Tsugami hin. Als sei ihm unerwartet etwas Wichtiges eingefallen, rief er ihm lachend zu:

»Beschaffen Sie 100 000 Yen! Bis morgen mittag um zwei Uhr genügt's!«

Man hätte meinen können, es sei dies die einfachste Sache der Welt. Dann setzte er hinzu:

»Die Tagesgelder der Treiber sind eigentlich erst nach der Veranstaltung von Ihrer Zeitung zu bezahlen, aber die Leute fordern das Geld schon jetzt! Es tut mir leid, daß ich Sie damit belästigen muß, aber ich bitte Sie dringend!«

Tsugami wurde es ein wenig schwach in den Knien. Die Stierkämpfe begannen erst am übernächsten Tag, und so wäre es ihm peinlich gewesen, offen zuzugeben, daß seine Zeitung über eine Summe von dieser Höhe nicht verfügte. Während er noch verlegen über eine Antwort nachsann, sagte Tashiro unbewegt:

»Na – also das wäre es eigentlich, was ich Ihnen sagen wollte ...«

Er schien noch kurz über irgend etwas nachdenken zu wollen, rief aber dann: »Also ...«, hob leicht die Hand zum Gruß, und schon hatte er Tsugami den Rücken gekehrt. Während ihm der aus dem Mantelkragen quellende Schal vom Wind hochgezerrt wurde, rannte er, als würde sein kräftiger Körper nach vorne fallen, auf den Lastwagen zu.

Tsugami kehrte zur Redaktion nach Osaka allein zurück. Als er die Treppe hinaufstieg, meldete ihm ein von oben entgegenkommender Reporter, der gerade Dienst tat, es warte ein Besuch für ihn, und er nahm dessen Visitenkarte aus der Tasche. Als Tsugami sie las, handelte es sich um den Direktor der Ostasiatischen-Pharmazie-Firma, der Yoshinosuke Miura hieß und neuerdings nicht nur in Zeitungen und Wochenschriften, sondern sogar in Straßenbahnen und Omnibussen für sein Munderfrischungsmittel Seiryô (»Rein und Frisch«) Reklame machte und dieses bereits mit beträchtlichen Erfolg verkaufte, obgleich er selber in der Geschäftswelt bisher völlig unbekannt gewesen war. Tsugami war ihm bisher noch nie begegnet, aber hatte über dessen energische und kecke Art, Reklame zu treiben, im Presseclub schon öfter erzählen hören.

»Ich sagte ihm, ich wüßte nicht, wann Sie wieder in die Redaktion kommen, aber er antwortete, bis Punkt zwölf wolle er in jedem Fall auf Sie warten!«

Als Tsugami den im ersten Stock gelegenen Empfangsraum betrat, saß Miura auf einem Stuhl, hatte »Time« oder irgendeine andere ausländische Zeitschrift auf den Knien liegen und strich hier und dort mit Rotstift etwas an; doch kaum hatte er Tsugami bemerkt, erhob er sich und sagte mit klarer Stimme:

»Mein Name ist Miura ...«

Es war ein junger Mann von etwa dreißig Jahren, – er trug langes Schläfenhaar, hatte sich lose und breit eine rote Krawatte umgebunden und wirkte auf den ersten Blick wie ein affektierter Regieassistent aus der Filmbranche, doch als er aufstand, hätte man glauben können, er wolle gegen jemanden zum Kampf antreten, so kräftig und energiegeladen wirkte er.

»Ich bin heute mit einer Bitte zu Ihnen gekommen: könnten Sie nicht meiner Firma sämtliche Eintrittskarten für den Stierkampf mit einem Rabatt von zwanzig Prozent überlassen? Was meinen Sie?«

Stehend und ohne sich setzen zu wollen, brachte Miura das Gespräch unverzüglich auf das, worauf es ihm ankam. Tsugami schien nicht recht zu begreifen, mit welcher Absicht dieser Mann erschienen war.

»Nun, nehmen Sie bitte Platz!«, sagte er höflich und musterte die Kleidung dieses jungen Herrn, der sich offenbar der heutzutage tonangebenden Klasse zurechnete und daher vor allem sein Geld wirken lassen wollte. Tsugami betrachtete ihn von dem reinlich weißen Kragen hinunter bis zu den Spitzen der blankgewichsten Schuhe, dann glitt sein Blick auf Miuras Gesicht, das von den etwas zu schroffen und einen außerordentlichen Willen verratenden Augen beherrscht war. Das Gesicht besaß die furchtlose Klarheit und Unmittelbarkeit, die wohlerzogenen Menschen eigen ist, doch aus diesen Augen leuchtete eine Energie, die nicht nur von seiner Jugend herrührte.

Als Tsugami mit der Antwort zögerte, holte Miura in entspannter Haltung, wie um seinem Partner etwas Zeit zum Überlegen zu gönnen, eine Zigarettendose aus der Tasche, zündete sich eine Zigarette an und stieß den violetten Rauch gemächlich aus. Dann sagte er in ruhigerem Tone als zuvor:

»Vielleicht finden Sie meinen Vorschlag sehr selbstsüchtig – ich bin aber dafür bereit, die ganze Summe im voraus zu zahlen. Für Ihre Zeitung bedeutet das Geschäft mit mir zwar eine Einbuße von zwanzig Prozent, doch kann Ihr Unternehmen auf gar keinen Fall mehr etwa durch Regen oder gar Erdbeben finanziell scheitern.«

Er wechselte die Beine, die er übereinandergeschlagen hatte, und blickte Tsugami erwartungsvoll an, doch als er erkannte, daß jener noch immer in passives Schweigen versunken war, sagte er:

»Ich sprach eben davon, daß ich sämtliche Eintrittskarten kaufen wolle, doch wäre das nur eine interne Abmachung – nach außen hin könnte natürlich Ihre Zeitung die Karten vertreiben!«

»Was bezwecken Sie eigentlich mit diesem – um zwanzig Prozent verbilligten – Aufkauf der Karten?«, öffnete Tsugami nun zum ersten Mal den Mund.

»Ich möchte sie zur Reklame verwenden!«

»Ah so ...«

Tsugami spürte, wie sich die Muskeln seiner Wangen seltsam versteiften. Diese allzu selbstbewußte

Haltung seines Gesprächspartners, der auf eine schnelle Antwort drängte, stimmte ihn ärgerlich, und er fühlte sich abgestoßen, doch schließlich sagte er:
»Mich würde es sehr interessieren, in welcher Art Sie dabei Reklame machen wollen. Im übrigen möchte ich die Angelegenheit gern noch gründlich überdenken!«
Plötzlich wurde ihm bewußt, daß er unwillkürlich im gleichen Ton wie Miura und ebenso geschäftlich-knapp gesprochen hatte. Das verstimmte ihn leicht. Miura erklärte, er wolle an alle – mit einer Ermäßigung von zwanzig Prozent gekauften – Karten ein kleines Päckchen Seiryô hängen und damit Kunden werben. Jeder Besucher erhält also ein Seiryô als Gratiszugabe; da der Preis für ein solches Päckchen sieben Yen betrug, bekam jeder außer dem Anrecht, dem Stierkampf zuzusehen, etwas im Wert von sieben Yen: für die Zeitungsfirma offenbar kein ungünstiger Vorschlag.
»Sie kaufen also jede Karte um zwanzig Prozent billiger und geben etwas für sieben Yen dazu. Lohnt sich das denn für Sie?«
»Es wird sich so ziemlich die Waage halten. Viel werde ich ganz sicher nicht daran verdienen . . .«
»Wenn es sich lediglich die Waage hält . . .«
Tsugami blickte Miura scharf an, während ein

schmales ironisches Lächeln um seinen Mund zuckte, dann fügte er hinzu:

»Immerhin können Sie so gratis Propaganda für Ihr Seiryô treiben!«

»Ja, das trifft für den Fall zu, daß sämtliche Eintrittskarten verkauft werden. Gelingt es jedoch nicht...«, grinste Miura und fuhr fort: »Soweit ich sie nicht verkaufen kann, wird es ein Verlustgeschäft für mich! Na, es ist eben eine Art von Glücksspiel!«

Er blickte nur so lange, als er sich mit seinem Feuerzeug eine Zigarette anzündete, nach unten, dann hielt er sein Gesicht wieder stolz gerade. Tsugami vermochte nicht sofort zu entscheiden, ob Miuras Vorschlag tatsächlich günstig für die Zeitung war. Hatten sie mit der Stierkampf-Veranstaltung Erfolg, waren zwanzig Prozent der Gesamteinnahmen von 3,3 Millionen Yen, 660 000 Yen also, von Anfang an verloren. Das war ohne Zweifel verdrießlich. Doch daß mit Sicherheit achtzig Prozent und überdies sofort als Vorauszahlung hereinkamen, war für Tsugami gerade jetzt, da er nicht wußte, wie er die heute von Tashiro geforderten 100 000 Yen aufbringen sollte, ungemein verlockend. Allein im gleichen Augenblick, als er die von Miura hingeworfenen, provokanten Worte »Tja, es ist eben eine Art von Glücksspiel!« hörte, stand der Entschluß bei ihm fest.

»Es tut mir leid«, sagte er. »Ich kann Ihren

Wunsch nicht erfüllen. Falls an alle Besucher Ihr Seiryô verteilt wird, entsteht nur zu leicht der Eindruck, daß der Stierkampf mit dem Kapital Ihrer Firma veranstaltet ist!«

»Ah ja...«

Vielleicht täuschte sich Tsugami, aber für einen Augenblick schien aus Miuras Gesicht alles Blut gewichen zu sein. Wie um ihm eine Rettungsleine zuzuwerfen, sagte Tsugami, der jetzt erst seine alte Gelassenheit gegenüber diesem jungen Manne wiedergewann:

»Nun, ich kann Ihnen zwar nicht alle Eintrittskarten abtreten, aber wir könnten uns – falls Sie es wünschen – über die fünftausend Ringside-Plätze zu je fünfzig Yen unterhalten!«

»Ringside? Das ist ein heikles Problem!«

Vielleicht war Miura klargeworden, was Tsugami empfand, seine Stimme klang jedenfalls nicht wie die eines Mannes, dessen Bitte eben erst abgelehnt worden war, sie besaß einen hochmütigen Ton, als wiese nun er die Bitte seines Partners zurück.

»Von der Reklamewirkung her gesehen«, setzte er hinzu, »sind die Besucher der besonders guten, also der Ringside-Plätze, für mich völlig uninteressant. Selbst wenn ich alle Eintrittskarten von Ihnen erhielte, zöge ich die Käufer dieser teuren Plätze von Anfang an nicht in Betracht!«

Nach seiner Auffassung hatten sich die Zeiten

nach Kriegsende von Grund auf geändert. Der bisherige Mittelstand, dessen Angehörige Lutschmedizinen wie das Seiryô gern mochten, Mittel also, die man ebensogut nehmen wie lassen konnte, war zusammengebrochen. Diese Leute gehörten jetzt zu der Klasse, die Plätze dritter Kategorie kaufte, und die besonders guten Ringside-Plätze wurden nunmehr von der neuen Arbeiterklasse eingenommen, die sich für Dinge wie das Seiryô nicht interessierte.

»Tja, was wollen wir machen?«, fuhr Miura fort. »Wenn Sie mir nun lediglich einen Teil der Karten abtreten wollen, könnte ich da nicht die der dritten Kategorie haben?«

»Da käme nun ich in Schwierigkeit! Diese Karten verkaufen sich, nach meiner Überzeugung, gewissermaßen von selbst, es bedarf da keiner Bemühung unsererseits. Was zurückbleibt, sind die Ringside-Plätze! Die machen mir Sorge!«

»So? Ja, dann ist wohl nichts zu machen. Es tut mir natürlich leid . . .«

Er sann noch eine Weile nach, doch schließlich stand er entschlossen auf. Dann wandte er sein Gesicht aber noch einmal Tsugami zu und sagte:

»Nach der Auffassung der Wetterwarte wird es in den nächsten Tagen Regen geben . . .«

Tsugami schnitt die Erklärung des jungen Mannes unhöflich ab:

»Ich weiß das! Auch für unsere Zeitung handelt es sich hier um eine Art Glücksspiel!«
»Ja, ich begreife...«, antwortete Miura.
Als er nach seinem Hut griff, glitt über sein Gesicht zum ersten Mal ein schmales Lächeln, welches wohl das Ende der Verhandlungen andeuten sollte. Der junge Mann hatte etwas erschreckend Geschäftliches in seiner Art. Als er aufbrach, sagte er in einer Haltung, die nicht im entferntesten etwas von Erniedrigung an sich hatte:
»Kann ich morgen um neun Uhr wiederkommen? Überlegen Sie sich bitte meinen Vorschlag noch einmal.«
»Ja, kommen Sie nur – ich glaube zwar nicht, daß sich meine Einstellung bis dahin geändert hat...«
Tsugamis Art zu reden nahm etwas leicht Zögerndes an. Wenn jemand mit dem Dolch auf ihn einstechen wollte, ging er zwar, auf die eigene Dolchspitze starrend, sofort zum Gegenangriff über, sann aber nachher ernüchtert darüber nach, was ihn so hatte handeln lassen. Auch jetzt war das ähnlich. Eine ihm selber unverständliche Trauer und Müdigkeit wie auch eine Spur von Reue belasteten und verdunkelten sein Gemüt, nachdem er Miura hinausgeleitet hatte. Vielleicht wäre es für ihn günstiger gewesen, so zu verhandeln, daß zwar nicht alle, so doch etwa die Hälfte der Eintrittskarten sofort zu Geld gemacht wurden, und

er dachte angestrengt darüber nach, was Miura wohl an sich hatte, ihm selber aber nicht gegeben war und etwa solche Verhandlungen vereitelt hatte. Doch dieses vage Sinnieren über seinen Gast erlosch bald in ihm. Es wartete eine ungeheure Menge Arbeit auf ihn.

Er nahm in der Nähe seiner Zeitung ein einfaches Mittagsmahl ein und war um ein Uhr, kurz vor dem Ausdrucken, in der Redaktion zurück. Die Artikel über den Stierumzug und auch die Photos waren rechtzeitig hereingekommen und machten bereits ein Drittel aller Korrekturfahnen aus. Bei den Aufnahmen vor dem Bahnhof Sannomiya bei Beginn des Umzugs hatte man ein wenig übertrieben, doch konnte, dachte Tsugami, die Zeitung nun, da die Stierkämpfe schon am übernächsten Tag anfingen, eigentlich gar nicht dick genug auftragen. Auch der Bericht des jungen Reporters über den Stierumzug war unerwartet schön und schwungvoll abgefaßt: Witz und Engagement waren in rechtem Maße miteinander gemischt. Tsugami fand ihn außerordentlich gut gelungen. Befriedigt und in entspannter Stimmung zündete er sich eine Zigarette an, da fiel ihm plötzlich ein, daß er noch heute das Problem zu lösen hatte, wie 100 000 Yen und das Futter für die Stiere rechtzeitig aufzutreiben waren.

Um drei Uhr verließ er die Zeitung und begab

sich zur Firma von Yata Okabe in Amagasaki. In einer Ecke eines von Brandbomben verwüsteten Geländes, von der Hauptstraße zum Bergfuß hin, war Okabes »Hanshin-kôgyô«-Firma in einem einstöckigen Holzhaus untergebracht, das aber größer war, als Tsugami es sich vorgestellt hatte. Man hatte es mit leichter Wasserfarbe angestrichen, und es wirkte, weil es mit vielen Fenstern ausgestattet und daher viel Glas zu sehen war, so hell, daß es einem Sanatorium glich. In dem verschwenderisch geräumigen Chefzimmer am Ende des Gangs warf sich Yata Okabe stolz in die Brust. Er saß vor einem vollkommen leeren Bürotisch und rief, als er Tsugami sah:

»Ah, da sind Sie ja!«, und drehte sich mit seinem Stuhl ihm zu. In einer Ecke des Zimmers brannte ein kleiner Kohlenofen und erfüllte den Raum mit Hitze. Es war ein bewölkter Tag, doch da die Südseite des Gebäudes fast nur aus Fenstern bestand, machte das durch die breiten Scheiben hereinflutende Licht alles so hell, daß es kaum irgendwo Schatten gab. Als Tsugami inmitten dieser Helligkeit Okabe genauer betrachtete, war dieser im Vergleich zu damals, als er ihn am Jahresende in dem düsteren Geschäftshaus an der Neuen-Umeda-Straße aufgesucht hatte, sehr viel älter geworden.

Okabe war zu Tsugami unverändert liebenswür-

dig. Sofort ließ er durch einen Lehrling Whisky bringen und rief:
»Das schmeckt bestimmt viel besser als Tee! Lassen Sie sich jedenfalls heute Zeit, machen Sie es sich bequem!«
Er drängte ihn, ein paar Gläser Whisky zu leeren, und schüttete selber fünf, sechs davon in der ihm eigenen Art so abrupt die Kehle hinunter, daß man hätte meinen können, es handle sich um Medizin. Kaum war der Whisky in seine Adern gedrungen, wurde er zusehends geschwätziger. Tsugami erwiderte, er könne sich heute leider nicht sehr viel Zeit nehmen, denn schon übermorgen beginne ja der Stierkampf, doch da sagte Okabe:
»Man muß die Arbeit doch seinen Angestellten überlassen! Ihre Pflicht, Herr Tsugami, ist zu planen und anzuordnen. Das reicht! Mehr dürfen Sie gar nicht tun! Ich tue den ganzen Tag über nichts! Und das ist richtig so! Natürlich wäre es aber falsch zu glauben, ich brauchte nicht da zu sein. Wär ich nicht da, krachte die Firma bald zusammen!«
Er lachte unbekümmert.
»Aber ein Journalist...«, gab Tsugami zu bedenken, und darauf meinte Okabe:
»Schön, da mögen die Dinge anders liegen. Sobald Sie aber glauben, Sie müßten unbedingt immerzu geschäftig herumrennen, ist Ihre Unternehmung

schon gescheitert. Setzen Sie sich frech in Positur und schmeißen Sie die Arbeit zur Seite! – Sie sollten hier mit mir Whisky trinken!«

Auf seinen Lebensweg zurückblickend, sprach er dann von einigen Grundsätzen, die ihn geleitet hätten. Er hörte sich ganz offensichtlich selber begeistert zu.

»Gut, ich will mit Ihnen trinken...«, erklärte Tsugami schließlich, obwohl ihm in Wahrheit nicht im mindesten danach zumute war, und fuhr dann fort:

»Aber ich würde vorher gern eine für mich wichtige Angelegenheit mit Ihnen besprechen!«

»Wie? Wichtige Angelegenheit? Reden Sie!«

»Wir brauchen 360 cdm Reis und Hafer und ferner die gleiche Menge Sake!«

Das waren erheblich größere Mengen als tatsächlich benötigt wurden. Für Tsugami handelte es sich aber gleichsam um das Prüfgewicht, mit dem er – gleichgültig wie Okabes Qualitäten waren – die Tiefe dieses Menschen messen wollte, den er so wenig bisher kannte und der ihm seltsam ungreifbar vorkam. Er war gespannt, wie Okabe reagieren würde. Nachdem Tsugami ihm genau dargelegt hatte, wofür er das alles brauchte und daß er es möglichst schon bis zum nächsten Mittag ins Büro der Stierkampf-Veranstaltung zugesandt erhalten möchte, das sich in dem Gebäude des

Hanshin-Baseballstadions befand, lachte Okabe: »Sie sind wirklich ein ungewöhnlicher Besuch! ... Schön, ich werde Ihnen das Gewünschte zur Verfügung stellen!«
»Wie hoch sind die Kosten?«
»Meine Firma schenkt Ihnen das als einen Beitrag zu Ihrem Unternehmen! Ich wünsche Ihnen einen guten Erfolg!«
Tsugami erwiderte, damit könnte er unmöglich einverstanden sein, Okabe möge die Summe nennen, die zu bezahlen sei, doch dieser lachte nur großzügig:
»Die Okabe-Firma wird auch dann fett, wenn sie die Neue-Osaka-Abendzeitung nicht verschlingt. Also, damit ist diese ›Angelegenheit‹ beendet! Nun wollen wir trinken! Aus irgendeinem Grund mag ich Sie!«
Tsugami griff entschlossen nach dem Whiskyglas. Er konnte sich bei diesem prächtig gelaunten, kleinen Mann, der da vor seinen Augen den Whisky in sich hineinschüttete, nur schwer vorstellen, daß er skrupellos und ohne ihm, Tsugami, vorher auch nur ein Wort gesagt zu haben für sich Schwarzmarktwaren in die Waggons hatte laden lassen.
Okabe rief eine Angestellte herbei und trug ihr auf, Käse zu besorgen, dann sollte sie in einem nahen Restaurant für zwei Personen ein Abendessen bestellen und es bringen lassen. Zwei Stun-

den lang schwatzten die beiden, während sie fortgesetzt Whisky tranken. Das »Schwatzen« geschah allerdings fast nur durch Okabe. Tsugami hörte ihm halb zu, halb waren seine Gedanken bei dem Stierkampf. Okabe plauderte zunächst von seinen Geschäften, ging dann zur Politik über und verbreitete sich am Ende mit erschreckender Breite und höchst konfus über Religion, Frauen und vieles andere mehr. Solange er redete, besaßen seine sehr charakteristischen Meinungen und Urteile ein seltsam schimmerndes Leben, doch sobald Tsugami über sie nachsann, verwandelten sie sich fast ausnahmslos in ein anmaßendes, banales Geschwätz. Als Okabe schließlich kaum mehr artikulieren konnte, änderte Tsugami, hierin sich ganz als Journalist erweisend, das Thema und fragte ihn:

»Dreihundertsechzig cdm Reis und Hafer sind eine Riesenmenge, – wie haben Sie sich die eigentlich verschaffen können?«

Das hatte er Okabe schon vorhin fragen wollen.

»Na ja – da gibt es mancherlei Möglichkeiten!«, erwiderte Okabe und sah ihn betroffen an, als fühlte er sich ertappt, dann aber fuhr er fort:

»Überlegen Sie einmal! Ich liefere landwirtschaftliche Maschinen in viele Dörfer. Dafür lasse ich mir Strohsäcke schicken. Nun schütten Sie einmal einen, zwei cdm Reis in einen Strohsack. Was da auf dem Sackboden liegt, ist verdammt wenig und kaum zu sehen. Bei einer Kontrolle läßt man das als normalen Rückstand nach dem Ausschütten eines Sackes ohne weiteres passieren. Zehn Säcke ergeben aber schon achtzehn cdm Reis und wieviel sind es wohl bei hundert und tausend Säcken?«

Da die letzten Tage für Tsugami außerordentlich anstrengend gewesen waren und der Whisky nun langsam zu wirken anfing, fühlte er sich bald ermattet und er spürte, wie schwer ihm die Lider wurden. Als er nach dem Fenster sah, war es draußen unversehens dunkel geworden, an den Scheiben rannen infolge der Wärme des Raums Wassertropfen herab.

»Ich habe pro Präfektur dreißig Dörfer, und das ergibt allein in der Kinki-Landschaft sechs Präfekturen und ein paar Stadtbezirke, also rund einhundertachtzig Dörfer, und wenn ich von jedem auch nur hundert Säcke bekomme und man das so zusammenrechnet . . .«

Okabes Hand, die das Whiskyglas hielt, schwebte, vielleicht weil er betrunken war, ein wenig im Leeren. Tsugami hörte mit trübem, irgendwo aber auch klarem Bewußtsein diese Rechnung an, von der er nicht wußte, ob sie stimmte, und er kam zu dem Schluß, daß er unmöglich entscheiden könnte, ob Okabe nun ein großer oder nur ein kleiner Schurke war.

Am nächsten Morgen wachte Tsugami um acht Uhr in dem Nachtwachraum der Zeitung auf. Da er um neun Uhr Miura zu treffen versprochen hatte, ging er, nach einem einfachen Frühstück in dem kleinen Speisesaal des Untergeschosses, in die Redaktionsstube des ersten Stockwerks. Omoto, der sonst erst gegen Nachmittag zu kommen pflegte, unterhielt sich gerade mit drei jungen Angestellten, die Nachtdienst gehabt hatten und nun um den großen Hibachi aus Seto-Steingut am Fenster hockten. Als Omoto Tsugami erblickte, sagte er: »Der Himmel hat sich ziemlich überzogen! Hoffentlich ist morgen gutes Wetter!«
Nach Beginn der »Eistage« wäre eine besonders scharfe Kälte zu erwarten gewesen, aber es hatten sich bisher nur völlig klare Tage aneinandergereiht; nach der Wettervoraussage war nun jedoch mit einem leichten Umschlag zu rechnen. Außerdem war Omoto besorgt, die Kälte könnte sich plötzlich eher abschwächen und wärmerer Witterung weichen.
»Es wird schon alles gutgehen«, erwiderte Tsugami. »Vier, fünf Tage bleibt es schon noch so! Nach Auffassung der Wetterwarte wird sich der Tiefdruck nur langsam nach Osten verlagern ...«
Tsugami hatte gleich, nachdem er am Morgen aufgestanden war, die Wetterwarte angerufen. Für ihn war die Beschaffung der 100 000 Yen, die er

bis zwei Uhr Tashiro bringen mußte, von primärer Wichtigkeit. Er hatte, nachdem er am vorigen Abend von Okabe zurückgekehrt war, trotz heftiger Kopfschmerzen noch zwei Geschäftsleute angerufen, für die er sich schon vorher entschieden hatte, aber der eine war nach Tokyo gereist, der andere meinte, er könne vielleicht in drei, vier Tagen etwas für ihn tun, heute und morgen aber sei dies absolut unmöglich. Obgleich Tsugami gestern Miuras Angebot mit Entschiedenheit zurückgewiesen hatte, sah er vom Morgen an, kaum daß er aufgewacht war, ständig Miuras Gesicht vor sich. Er war gestern zu Miura außerordentlich ablehnend gewesen, doch nun gab es, dachte er, nicht die geringste Aussicht, 100 000 Yen zu bekommen, falls er nicht dessen Angebot noch annahm. Als er Omoto von seinem Gespräch mit Miura erzählte, wurde Omotos Miene plötzlich ernst, und er sagte:

»Ich fürchte, Miura wird, wenn das Wetter unsicher ist, auf seinen Vorschlag nicht noch einmal zurückkommen. Sie hätten gestern wohl gleich zupacken sollen!«

Aus seiner Stimme klang Unzufriedenheit mit Tsugami.

»Oh, Miura kommt bestimmt!«, entgegnete Tsugami. »Er hat ausdrücklich gesagt, er wolle heute um neun Uhr noch einmal vorsprechen, und daran

hält er sich. Miura gehört nicht zu den Leuten, die ihre Pläne von einem Tag auf den anderen umstürzen!«
Tsugami war wirklich fest überzeugt, daß Miura selbst dann kam, wenn es regnete.
»Miura ist ein gewitzter Geschäftsmann!« bemerkte Omoto mürrisch.
Fünf Minuten vor neun Uhr erschien Miura tatsächlich. Tsugami, Omoto und Miura setzten sich im Empfangsraum an einen Tisch.
»Ich glaube«, begann Miura, »die Aussichten stehen vier zu eins für Regen. Es ist für mich ein gefährlicher Seiltanz, aber ich möchte trotzdem auf schönes Wetter setzen. Herr Tsugami, wie steht es mit dem, was wir gestern besprachen?«
Obgleich Miura von einem gefährlichen Seiltanz gesprochen hatte, verriet er nicht die geringste innere Bewegung. Wie am Tag zuvor trug er den Kopf sehr hoch und wartete, während er sowohl Omoto wie Tsugami ansah, mit fast widerwärtiger Gelassenheit auf die Antwort der beiden. Doch dann geschah etwas sehr Seltsames.
»Es tut mir leid, daß Sie sich eigens herbemühten, aber wir wollen über diese Angelegenheit nicht mehr sprechen!«
Das war Omoto, nicht etwa Tsugami, der das gesagt hatte! Seine Stimme klang so verkrampft, daß man hätte meinen können, er ringe nach

Atem. Die außerordentliche Stärke, die Miura besaß, hatte Omoto unerwartet angespornt. Omoto fand es plötzlich jammerschade, dieses jungen Mannes wegen vielleicht 660 000 Yen einzubüßen.

»So? Gut, ich habe verstanden ...«, sagte Miura vieldeutig lächelnd. Ohne das Problem noch einmal zu berühren, verlor er nur noch ein paar allgemeine Worte über das Wirtschaftsleben und verließ hierauf das Zimmer munteren Schrittes wie jemand, der einen geschäftlichen Erfolg errungen hat. Als Omoto ihn hinausgeleitet hatte und mit Tsugami ins Redaktionsbüro ging, sagte er zu diesem erregt:

»Die 100 000 Yen werde ich mir bis Mittag schon irgendwie beschaffen! Morgen ist ganz sicher herrliches Wetter! Es ist unvorstellbar, daß es regnet!«

Hierauf rieb er sich mit dem Taschentuch heftig die Nase und empfahl sich hastig, nachdem er seine Überzeugung, daß es morgen schön sein würde, mit Entschiedenheit und ohne sich um Tsugami weiter zu kümmern geäußert hatte. Kurz nach Mittag kam er mit einem Bündel Geldscheine von insgesamt 100 000 Yen zurück. Er übergab sie Tsugami, vergaß jedoch nicht hinzuzufügen:

»Ich habe mir das von einem Freund geliehen!«

Hier erwies sich Omotos Raffiniertheit, der mit

der Bemerkung, es sei dies nicht sein eigenes Geld, sondern das seines Freundes, ausdrücklich darauf aufmerksam machte, daß hierfür Zinsen zu bezahlen seien.

Zur Verabredung mit Tashiro um zwei Uhr war es eigentlich noch zu früh, aber Tsugami brach trotzdem in Richtung Baseballstadion auf. Tashiro war schon im Büro. Er hockte am Hibachi, den er mit seinen Oberschenkeln umklammerte, und hatte eine Zigarette im Mund. Kaum erkannte er Tsugami, rief er:

»Haben Sie das auftreiben können, worum ich Sie bat?«

Aus seiner Miene las Tsugami leichte Besorgnis.

»Ja. Genügt das?«, antwortete Tsugami und warf die Geldscheine, die er seiner Mappe entnahm, flink und klatschend auf den Tisch.

»Schön! Also dann ...«, erwiderte Tashiro, nahm sie auf und steckte mit geradezu herausfordernder Ruhe den größten Teil der Banknoten in die zwei großen Taschen seines Ledermantels, den Rest wickelte er in sein Einschlagtuch.

»Meinethalben hätten Sie auch 200 000-300 000 Yen besorgen können, aber im Grunde kann ich es nicht leiden, solche Riesensummen mit mir zu schleppen!«

Er lachte heiser auf.

In diesem Augenblick erschien der Journalist M,

der die letzten drei, vier Tage und Nächte im Büro zugebracht hatte und rief mit ausladender Geste:
»Herr Tsugami! Das war heute eine Überraschung!« Und er fuhr fort:
»Morgens um vier bin ich mitten aus dem Schlaf gerissen worden. Ich hatte nicht die leiseste Ahnung, was los sein könnte – und da sah ich einen Lieferwagen mit Reis, Hafer und Sake unten stehen! Ich traute meinen Augen nicht!«
Als Tsugami in der vergangenen Nacht Okabes penetrante Bitte, noch irgendwo anders weiterzuzechen, abgelehnt und sich verabschiedet hatte, war es ungefähr zehn Uhr gewesen. Okabe hatte die zweite Flasche Whisky fast allein geleert und hatte kaum mehr ordentlich gehen können, aber er trug, überlegte Tsugami, mit seinen Lippen, die kaum mehr deutlich artikulieren konnten, seinen Leuten also tatsächlich noch auf, die Verpflegung für die Stiere dorthin zu schaffen. Tsugami gab M kaum Antwort und blickte starr auf die kalten, nackten Baumwipfel vor den Fenstern. Er glaubte die kleinen, schimmernden Augen des offenbar grinsenden Okabe deutlich zu erkennen.

Am Abend vor dem ersten Veranstaltungstag gab Tsugami für die Eigentümer und Züchter der Stiere in einem Restaurant in Nishinomiya ein Essen, um ihnen für all ihre Mühe zu danken. Von der Zeitung waren Omoto, Tsugami und acht Journalisten erschienen, die ebenfalls mit der Veranstaltung befaßt waren. Während des Essens erlebte Tsugami ein höchst unerwartetes Schauspiel. Hana Mitani, die Züchterin des Mitani-Stieres, dem hohe Siegeschancen gegeben wurden, stieß mit einem Mal, hysterisch aufschreiend, das Tischchen vor sich um und versetzte alle Anwesenden in die peinlichste Verwirrung. Sie war ungefähr vierzig Jahre alt, ein wenig dicklich, doch schick gekleidet, man sah ihr die bäurische Herkunft nicht im geringsten an.

»Wie kann ich«, schrie sie, »aus einem Sake-Schälchen trinken, das mir ausgerechnet Herr Kawasaki reicht? Ich setze doch fast mein Leben für den Stierkampf morgen ein! Ich und auch mein Mann und unsere Kinder in der Heimat, wir alle beten für diesen unseren Sieg!«

Sie verzog erregt ihr von dem Genuß etlicher Schälchen Sake gerötetes Gesicht und blickte, während sie sich taumelnd an die Papierschiebewand lehnte, über die Runde. Sie war keineswegs betrunken. Die leidenschaftliche Entschlossenheit, daß ihr Stier um jeden Preis siegen müsse, hatte ihre Nerven dermaßen strapaziert, daß sie den Eindruck einer Irren machte. Als ihr dann der Eigentümer des Kawasaki-Stiers, der ebenso wie der ihre hervorragende Siegeschancen hatte, ein Sake-

Schälchen zum Zutrinken überreichte, hatte sie, die ja nun doch eine Frau war, die plötzlich in ihr aufsteigende Feindseligkeit nicht mehr beherrschen können.

»Na ja –, nachdem in der Zeitung von diesem Stierkampf soviel Aufhebens gemacht wird, sind natürlich auch die Eigentümer der Tiere in ungeheurer Spannung!«, sagte Tashiro zu Tsugami, als das Sake-Schälchen, das er, um die aufgeregte Gesellschaft zu beruhigen, kreisen ließ, bei jenem angelangt war. Da wurde sich Tsugami plötzlich bewußt, daß es ja hier noch eine Welt gab, deren Existenz er bis jetzt ganz und gar vergessen hatte. Er hatte die wesentlichste Seite dieses Stierkampfes vollkommen übersehen! Und nicht nur er, auch Omoto und ebenso Miura hatten vergessen, daß hier ein Kampf zwischen zwei Lebewesen ausgetragen wurde. Selbst Tashiro, der Tsugami dies erklärte, war es bis zu diesem Augenblick nicht anders ergangen.

Tsugami öffnete im Wachtdienstraum des zweiten Stocks der Zeitung die Augen. Er hatte das Gefühl, daß es draußen regnete, sprang sofort aus dem Bett, schob mit einem Ruck die Glasscheiben nach beiden Seiten zurück und streckte die Hände in die kalte Luft hinaus. Feiner Regen schlug in Tropfen auf seine nackten Arme. Es hatte vor nicht allzu langer Zeit offenbar zu regnen angefangen. Er sah auf die Uhr, es war fünf. Da er nur im Nachtgewand nun schon geraume Weile am Fenster stand, ließ ihn die Kälte des anbrechenden Morgens plötzlich am ganzen Körper erschauern. Er zog einen Mantel über, stieg, sich zurechttastend, die dunkle Treppe ins Redaktionsbüro des ersten Stockwerks hinunter und knipste die in Reichweite befindliche Lampe auf seinem Arbeitstisch an. Hierauf nahm er den Telefonhörer ab und erkundigte sich bei der Wetterwarte nach der Voraussage für den heutigen Tag. Die schlechtgelaunte Stimme des diensttuenden Beamten, der durch ihn so ungewöhnlich früh geweckt wurde, antwortete barsch »Abwechselnd klar und bewölkt«, und schon wurde auf der anderen Seite der Leitung das Gespräch beendet.

Tsugami kehrte in den Wachtdienstraum zurück, stieg noch einmal ins Bett, aber er konnte nicht mehr einschlafen. Das Geräusch von Hagelregen nahm unversehens immer mehr zu, und hin und wieder schlug dieser auf die Fensterscheiben in der Nähe des Betts. Um sieben Uhr stand Tsugami auf. Kurz darauf rief Omoto an:

»Das ist ja eine furchtbare Bescherung!«

»Wenn es nur schwach regnet, sollten wir den Stierkampf aber unbedingt stattfinden lassen! Bis neun Uhr sind es noch zwei Stunden!«, antwortete Tsugami, er konnte sich Omotos Ärger und nervöse Ungeduld deutlich vorstellen. Um acht Uhr kamen die Journalisten zusammen, die mit dieser Veranstaltung befaßt waren. Der Regen nahm dann und wann ab, verstärkte sich aber immer wieder. Man beschloß, es sollten alle Anwesenden jedenfalls ins Büro des Hanshin-Baseballstadions fahren, und sie stiegen in fünf Wagen. Auch an den Fenstern der Autos, die die Hanshin-Reichsstraße entlang fuhren, floß unaufhörlich der Regen herab.

Als sie im Büro ankamen, schüttete dort Tashiro, der seinen Mantel, von dem der Regen nur so heruntertropfte, an den Haken gehängt hatte, gewaltige Mengen Tee in sich hinein.

»Wir haben uns bös vertan! Aber im Geschäftsleben ist das eben manchmal so ...«

Tashiro, in dessen Gesicht die Falten unangenehm auffielen und der heute sehr alt wirkte, besaß die Gelassenheit, die sich ein vom Pech verfolgter Vergnügungsmanager im Lauf der Jahre wohl hat zulegen müssen. Etwas später traf Omoto ein. Er war in schlechtester Laune. Er unterhielt sich mit keinem der Anwesenden recht, stapfte unruhig auf und ab, trat gelegentlich auf die Tribüne hinaus, kehrte durchnäßt von dort zurück, lehnte sich schließlich breit in seinem Stuhl zurück und

stopfte sich auf höchst arrogante Art Tabak in die Pfeife.
Ab zehn Uhr regnete es schwächer, der Himmel wurde hell.
»Oh! Es klart auf!«, rief jemand.
»Wir werden die Veranstaltung um ein Uhr steigen lassen!«, erklärte Omoto als erster.
»Günstigstenfalls sind dreitausend Leute zu erwarten! Ein Stierkampf im Regen!«, meinte Tsugami, der seit dem Morgen ziemlich schweigsam geblieben war. Seine Worte hatten einen kalten Klang, voll Hochmut und Selbstverspottung, der rücksichtslos alles rings um ihn fortzustoßen schien.
»Auch zweitausend oder dreitausend genügen! Es ist völlig gleichgültig, ob es regnet oder schneit! Lassen wir die Veranstaltung ausfallen, wird das Defizit ungeheuer!«, erklärte Omoto ernst.
Um elf Uhr sah der Himmel noch immer mitleidlos aus. Nur der Regen hatte aufgehört. Mit großen Plakaten »Beginn der Stierkämpfe um 2 Uhr!« verstreuten sich die Angestellten der Zeitung in alle Richtungen, um sie bei den Stationen der Vorortbahn anzukleben. Unablässig, wenngleich von der Vergeblichkeit ihres Bemühens überzeugt, ertönten, sich um sich selber drehend, eine Anzahl von Lautsprechern auf den Tribünen bis zu den ruhigen, das Baseballstadion säumen-

den Wohnvierteln, den Bahnhöfen der diese Gegend in drei Strängen durchziehenden Vorortbahnen hin und gaben bekannt, daß der Stierkampf um zwei Uhr beginnen werde.
Kurz vor zwei Uhr näherten sich langsam die ersten Zuschauer. Es waren alte Leute und Studenten, Kinder, Ehefrauen mit Einkaufstüchern in der Hand, junge, offensichtlich eben erst demobilisierte Soldaten, junge, schick angezogene Liebespaare – ein vielfältiges, bunt durcheinandergewürfeltes Publikum. Vom Fenster des Büroraums sah man es auf dem weiten Feld vor dem Stadion in kleinen Gruppen heranziehen.
Mit kalten, ausdruckslosen Augen wie jemand, den das alles gar nichts angeht, stand Tsugami auf der obersten Reihe der Innenfeldtribüne. Er sah, wie durch die verschiedenen Türen unterhalb der riesigen Tribünen ununterbrochen Zuschauer eintraten und sich auf den Sitzen verteilten. Er blickte auf die Uhr: alle zehn Minuten wurden wohl etwa hundert Menschen von den Tribünen aufgesogen. Dieser Quotient schien sich allmählich zu erhöhen, doch war die Gesamtzahl der bis zwei Uhr, dem Beginn der Veranstaltung, Erschienenen wohl nicht sehr groß. Damit stand Tsugamis Niederlage fest. Die Benutzung des Stadions geschah aufgrund eines detaillierten Vertrags, und nach diesem war eine Verlängerung auch nur um einen

einzigen Tag ausgeschlossen. So kam eine Verschiebung der Stierkämpfe wegen schlechter Witterung nicht in Frage. Die drei Tage – heute, morgen und übermorgen – waren für Tsugami und die anderen ein unverrückbarer Kampftermin. Schon einem einzigen Unglückstag kam mehr oder weniger entscheidende Bedeutung zu.

Von der obersten Reihe aus, wo Tsugami stand, sah man bis zum Fuß der Rokko-Berge sich hinziehende Trocken- und Naßfelder, da und dort verstreute Fabriken und in dichter Fülle kleine Häuser unter den schweren dunkelgrauen Wolken daliegen. Es war eine gefrorene Landschaft, wie man sie wohl manchmal auf Porzellan gemalt findet. In der Nähe des Rokko-Gipfels waren noch einige Schneestreifen zurückgeblieben. Eine Reihe von Flecken Schnees auf dem Gipfel gab Tsugami, der sich unsagbar matt fühlte, wieder ein wenig Kraft. Etwas sehr Reines und Klares, etwas, das aus diesem besiegten Lande völlig verschwunden war, hatte sich gleichsam dorthin flüchtend versammelt und schien sich, dicht aneinandergerückt, miteinander zu unterhalten.

In der Nähe der für den Organisations-Ausschuß reservierten Sitze, in einer Ecke des Spielfeldes, gingen Omoto und fünf, sechs Reporter auf und ab. Da, wo die Stiere an der Ringside-Seite angebunden werden sollten, waren irgendwann die

Flaggen, auf denen ihre Namen gepinselt waren, aufgestellt worden: sie bewegten sich nicht eine Spur, sondern hingen nur schwerfällig herab. Während der drei Monate, in denen er sich für diese drei Stierkampf-Tage bis zur Erschöpfung abgeschuftet hatte, war ihm eine so verlassene, traurige Szene nie in den Sinn gekommen. Doch letzten Endes betrachtete er dieses Schauspiel, sich selbst mit eingeschlossen, aus einer gewissen Distanz. Er besaß weder die Hartnäckigkeit noch die nervöse Unruhe Omotos, der an nichts anderes mehr dachte, als den Verlust für seine Zeitung möglichst niedrig zu halten. Tsugami war angesichts dieser gewaltigen Fehlspekulation, die sich langsam immer deutlicher abzeichnete, nur sehr bedrückt. Er zürnte sich selbst, daß er so sorglos alles hatte treiben lassen und nun plötzlich wie ein Sumô-Ringkämpfer im letzten Augenblick – kurz vor dem bereits sicher erscheinenden Sieg – aus dem Ring geworfen wurde. Seit den Morgenstunden kämpfte er instinktiv darum, sein Vertrauen zu sich nicht einzubüßen. Noch nie hatten seine Augen so kalt und arrogant wie heute ausgesehen.

Immerhin hatten sich gegen zwei Uhr etwa dreitausend Zuschauer auf dem Innenfeld und den Tribünen eingefunden, aber als Omotos Begrüßungsworte aus den fünfunddreißig über den Stadion verstreut aufgestellten Lautsprechern ertönten und sinnlos in alle Ecken des Platzes hallten, begann es wieder zu regnen. Da trat, kaum waren die zwei, das erste Kampfpaar bildenden Stiere in die Mitte des Rings gebracht worden, Tashiro zu Tsugami hin, der auf einem der reservierten Plätze saß, und sagte in einem Ton, als könnte er sich keinesfalls weiter gedulden:

»Es ist unmöglich! Die Zuschauer fangen an aufzubrechen. Lassen wir's!«

»Gut, machen wir Schluß. Geben Sie es durch das Mikrofon bekannt!«, entschied Tsugami eindeutig klar, stand auf, ging, völlig durchnäßt und bedächtig, als wollte er Schritt für Schritt vorsichtig bedenken, quer über das Spielfeld und stieg die Treppen zu den Innenfeld-Tribünen hinauf. Dort standen noch etwa tausend Zuschauer mit aufgespannten Schirmen oder über den Kopf gehaltenen Mänteln und äugten unruhig und mit Blikken, denen man anmerkte, wie ungern die Leute aufgaben, zum Kampfplatz hinunter.

Als Tsugami in die Menge hineinging, befiel ihn zum ersten Mal Verzweiflung. Er setzte sich in eine Ecke der nassen, leeren Sitzreihen und verharrte, während der Regen auf ihn einpeitschte, unbewegt. Als die Lautsprecher den Abbruch der Veranstaltung bekanntgegeben hatten, begannen mit einem Mal die Zuschauer auf den Tribünen lärmend fortzugehen. Mit einem Gefühl, als müßte er sich mit allen Kräften dagegen wehren, daß sein Körper von innen her zerplatzte, saß Tsugami mitten in der nun in Bewegung geratenen Menge allein und starrköpfig da.

Als er plötzlich wieder zu sich kam, merkte er, daß jemand einen Schirm über seinen Kopf hielt und ihn so vor dem Regen schützte. Sein erster Gedanke war, daß dies wohl Sakiko sei, und tatsächlich stand, als er aufblickte, Sakiko neben ihm.

»Wie kannst du nur so dumm sein! Du erkältest dich doch. Steh auf!«, sagte sie wie befehlend. Aus ihren Augen sprachen Mitleid und Unbehagen, sie starrte Tsugami unbewegt an. Tsugami erhob sich folgsam.

»Ich meine, du solltest jetzt nach Nishinomiya zurück!«, fuhr Sakiko fort.

Tsugami richtete seine Augen, die, als sei er ohnmächtig geworden, seltsam ineinander verschwammen, auf Sakiko hin, doch schließlich faßte er sich und antwortete:

»Einen Augenblick! Ich muß noch schnell etwas erledigen!«

Dann ging er durch die ihm entgegenflutende Menge auf den Kampfplatz zu. Sakiko, die ihn begleitete, glaubte zu sehen, wie seine Beine, als er die Treppe hinunterstieg, gefährlich schwankten. Tsugami war bis zum Äußersten erschöpft. Nachdem er den Kampfplatz erreicht hatte und vor dem Parterre-Hauptausgang stand, bat er Sakiko, dort auf ihn zu warten, und begab sich allein ins Büro. Als er dort eintrat, war sein Gesicht noch bleich, aber es wirkte wie mit einem Schlag verändert. Er schien wieder der alte, stets kraftvoll frische Tsugami zu sein. Omoto war nicht da. Als Tsugami nach ihm fragte, erhielt er die Auskunft, Omoto sei schon zur Zeitung zurückgefahren. Er wischte sich das regennasse Haar mit dem Taschentuch ab, kämmte sich, zog die Krawatte zurecht, steckte sich eine Zigarette an und erledigte mit einer fast irre anmutenden, erschreckenden Entschlossenheit in großer Eile eine Arbeit nach der anderen. Alles, was die Stiere betraf, übertrug er Tashiro, und für die Artikel, die in der morgigen Ausgabe erscheinen sollten, gab er präzise Anweisungen. Sich sofort einfühlend in die Atmosphäre dieses Raums, wo man sich mit Rücksicht auf ihn bemühte, möglichst wenig zu sprechen, versammelte er am Schluß alle noch Anwesenden um sich und sagte mit kräftiger Stimme, die nach Verkündung eines Gerichtsurteils oder einem Befehl klang:

»Hören Sie gut zu! Regnet es morgen, fällt die Veranstaltung auf jeden Fall aus, gleichgültig, ob es nachmittags aufklart oder weiterregnet! Es genügt, wenn wir übermorgen einen blendenden Erfolg haben!«

Dann schickte er die Leute fort und kehrte nach insgesamt einer Stunde zu Sakiko zurück, die fröstelnd am Ausgang stand, wo weit und breit niemand mehr zu sehen war. Sie stiegen in das eine Auto, das noch vor dem Gebäude stand. Als sie Platz genommen hatten, lehnte sich Tsugami zurück und schloß die Augen. Mit dem Kragen seines nassen Mantels verdeckte er das Gesicht zur Hälfte, es war ihm gleichgültig, daß sein Hut herunterzugleiten drohte, und er sah tief bekümmert aus. Wie um all das ertragen zu können, biß er sich hin und wieder auf die Lippen und stöhnte leicht auf. Sakiko mochte zu ihm sagen, was sie wollte, er schüttelte nur den Kopf oder nickte und blieb stumm. Sie starrte in das Gesicht ihres verwundeten Geliebten, der in dem Wagen roh hin und her geschüttelt wurde. Zum ersten Mal in ihrem Leben konnte sie diesen Mann, der, schwer getroffen, nicht mehr sprechen konnte, als ihr Eigentum betrachten. Von Ausschweifungen erschöpft, war hier ein verlorener Sohn nach endlosen Enttäuschungen schließlich nach Hause gekommen, wo niemand sonst war. Sakiko verspürte den Hauch eines Triumphes, wie ihn etwa eine Mutter dann fühlen mag. Eine wunderliche Liebe, von einer Art melancholischen Wohlgefühls begleitet, machte sie kühl und sanft zugleich. Das Gesicht dieses Mannes sah auch, als sie die Hand um seinen Hals legte und ihn zärtlich streichelte, unbewegt aus. Es hätte sich vielleicht auch dann nicht verändert, wenn sie die Hand zurückgezogen hätte. Während der drei Jahre, die sie mit Tsugami verbrachte, hatte sie so etwas kein einziges Mal erlebt. Bisher war es nur immer sie gewesen, die weggestoßen, wieder herangezogen und erneut fortgestoßen worden war. Sie wischte, aus Scheu vor dem Chauffeur, mit ihrem Taschentuch über sein Gesicht. Diese wunderliche Liebe, die sie, kühl auf Tsugami herabblickend, zu diesem Mann empfand, machte sie kühn, als sei sie plötzlich ein anderer Mensch geworden.

Der Regen, der am ersten und zweiten Tag niedergegangen war, hörte am Abend des zweiten auf. Am dritten wehte ein kalter Wind, aber es herrschte plötzlich ein angenehm klares, für einen Stierkampf geradezu ideales Wetter. Zur Eröffnungsstunde, um neun Uhr, waren, mochte dies auch hinter den Erwartungen zurückbleiben, immerhin 16 000 Eintrittskarten verkauft worden. Omoto, der sich in einen Cut geworfen hatte, tauchte fast stündlich an den Kartenschaltern auf und war eifrig bemüht festzustellen, wieweit sich für seine Zeitung das ungeheure Defizit wohl schon verringert hatte. Selbst Tashiro stieg hin und wieder zur obersten Tribünenreihe hinauf und sah auf die von den Vorortbahnhöfen pausenlos zum Baseballstadion strömenden Menschenmassen, dann stieg er, den Saum seines schweren Ledermantels immer wieder in die Höhe raffend, nervös die vielen Stufen wieder hinab. In seinem Kopf wiederholte er vom Morgen an die gleiche Rechnung. Im Unterschied zu Omoto wurde er in gewissen Abständen von Anfällen der Verzweiflung heimgesucht. Er brachte es nicht fertig, irgendwo ruhig sitzen zu bleiben. Kaum war er bei den für die Ausschußmitglieder reservierten Plätzen erschienen, streifte er durch die Zuschauermenge an der Ringside-Seite, und kurz nachdem man ihn vor dem Platz, wo die Stiere angebunden waren, auf und ab gehen sah, tauchte er in abgelegenen Ecken des Außenfelds auf, wo kein Mensch saß. Ab und zu blieb er stehen, zog aus seiner Tasche eine Whisky-Flasche, entkorkte sie langsam und führte sie an die Lippen. Weder Omoto noch Tashiro sahen jedenfalls dem Stierkampf zu, um dessen Zustandekommen sie sich so geplagt hatten. Ihnen war es vollkommen gleichgültig, welcher von den Stieren siegte oder verlor, in ihren Augen war das hier ein höchst alberner, kaum recht begreiflicher, seltsamer Kampf von Lebewesen, die mit den Hörnern aufeinander losgingen.

Tsugami saß zusammen mit anderen Ausschußmitgliedern auf einem der für sie reservierten Plätze, vor den übereinandergehäuften Preisen, Urkunden und Programmen. Es kam ihm vor, als sähen ihn die Augen der anderen Journalisten seiner Zeitung fast kalt und herzlos an; angesichts dieses Mißerfolges, für den er verantwortlich war, hatten sich in ihren Herzen Mitleid, Freude und ein nicht recht begreiflicher Widerstand gegen ihn miteinander vermischt. Tsugami saß vom Morgen an hier und richtete, so wie es wohl von ihm erwartet wurde, seinen Blick auf das Programm, den Kampfplatz und die Zuschauermenge, welche die Tribünen zu sechzig Prozent besetzt hatte. Trotzdem sah er – wie auch Omoto und Tashiro – von alldem nichts. Obwohl er seine Augen darauf richtete, nahm er natürlich nichts von dem Kampf der Stiere wahr, doch er achtete ebensowenig auf die Tribünen, die Zuschauer und die Holztafeln, von denen das Ergebnis der Kämpfe abzulesen war. Aus den Lautsprechern schallte es unaufhörlich, doch seine Ohren nahmen nichts davon auf. Für ihn war das Ganze nichts als ein sinnloses Fest, mit dem er nichts zu schaffen hatte. Hin und wieder fegte ein kräftiger Nordwestwind über das Baseballstadion. Und dann schlug hinter den Plätzen der Ausschußmitglieder das Tuch des Ehrenzelts klatschend hin und her, und gleichzeitig trieb das da und dort verstreute Papier raschelnd über das Spielfeld. Tsugami dachte in einem Winkel seines vereinsamten Herzens angestrengt über seinen neuen Plan nach, bis zum Sommer des Jahres diesen Stierkampf nach Tokyo zu bringen. Seinethalben konnte dieser von der Vereinigung zum Schutz der Stiere und Pferde oder dem Landwirtschafts- oder Wohlfahrts- oder Finanzministerium organisiert werden. Er hatte auch nichts einzuwenden, falls man hierfür ein Glücksspiel in Form einer staatlich genehmigten Lotterie einrichtete. Auf diese Weise wollte er das riesige Loch in Tashiros Finanzen stopfen, und es mußten ja auch die Schulden der Zeitung getilgt werden. Durch den jetzigen Mißerfolg wurde er nun noch weiter in den tiefen Sumpf jenes unbegreiflichen Zaubers hineingestoßen, den die Veranstaltung eines Stierkampfes für ihn besaß. Die heftige Verzweiflung, die ihn am ersten Regentag ergriffen hatte, war wie Wellen, die an einen Felsen schlagen, wieder verebbt. Das Scheitern der gewaltigen Unternehmung hatte ihm also letzten Endes doch keine größeren Wunden zugefügt.

Gegen drei Uhr waren an diesem Tag insgesamt einunddreißigtausend Eintrittskarten verkauft worden, aber vermutlich war damit der Höhepunkt erreicht, eine weitere Zunahme erschien sehr unwahrscheinlich.

»Würde man jetzt die Veranstaltung schließen,

beträgt der Verlust zirka eine Million Yen, und wenn auch nur die Hälfte davon auf mich trifft, handelt es sich doch um ein gewaltiges Loch, ein Defizit von 500 000 Yen!«, sagte Tashiro zu Tsugami. Er war von irgendwoher kommend wieder bei den Plätzen der Ausschußmitglieder erschienen und hockte sich nun ohne viel Umstände auf den Tisch, auf dem die Preise und Urkunden lagen. Als einer der Herren ihn darauf hinwies, daß ein solches Verhalten in Gegenwart der Zuschauer doch wenig höflich sei, erwiderte er nur »ah so...«, sprang mit einem entschuldigenden Murmeln vom Tisch herab und setzte sich wie taumelnd auf den Platz des Zeitungschefs neben Tsugami. Dann griff er in einer fast aufsässig wirkenden Geste, ohne die mindeste Scheu, nach der Zigarette, die Tsugami im Munde hatte, und zündete sich damit die eigene an. Er war ziemlich betrunken.

»Herr Tsugami«, sagte er hierauf, »diese 500 000 Yen sind im Grunde keine so fürchterlich große Summe, aber ich habe sie mir von meinem älteren Bruder geliehen und ich muß Zinsen dafür bezahlen! Mein Bruder ist ein gräßlicher Kerl! Er ist ein Teufel! Ja, ein richtiger Teufel! Ein unvorstellbarer Geizhals und Knicker – ein Teufel ohne das mindeste Erbarmen! Ach, er ist mir zuwider, dermaßen zuwider...«

Er streckte, als litte er große Schmerzen, beide Hände hoch in die Luft, als wollte er da etwas abkratzen, dann schlang er in einer Gebärde der Hilflosigkeit die Arme um den Kopf. In diesem Augenblick fiel Tsugami auf, daß der Ellbogen von Tashiros Ledermantel ein ziemliches Loch aufwies. Unwillkürlich fragte er sich, ob Tashiro wohl verheiratet sei. Da ihm Tashiro noch nie von einer Familie erzählt hatte, hielt er es für durchaus möglich, daß jener ledig oder seine Frau gestorben war oder er sich hatte scheiden lassen. Aus irgendeinem Grund fand er plötzlich, daß Tashiro zu bemitleiden war.

»Na ja, so ist es im Geschäftsleben! Also, Herr Tsugami, ich gehe jetzt noch einmal herum und werde nach dem Rechten sehen ...«

Mit diesen Worten erhob er sich, entfernte sich schwankend und ging, beide Hände in die Taschen seines großen Mantels vergraben, mit ruhigen, doch zugleich unsicheren Schritten durch die Menschenmenge auf der Ringside-Seite dahin, wo die Stiere angebunden waren.

Kaum war er fort, tauchte Yoshinosuke Miura auf. Er schien, wie er sich von der anderen Seite her geradewegs den Plätzen für die Ausschußmitglieder näherte, die Menge der Zuschauer mit den Schultern zu zerteilen. Als Tsugami ihn erkannte, stand er unwillkürlich auf. Doch Miura, der, nur durch den Tisch getrennt, nun bereits vor ihm stand, zog mit unerwartetem Hochmut die Brauen hoch, sein Gesicht war allerdings vollkommen ausdruckslos. »Guten Tag!«, grüßte er knapp und fuhr dann in einer so herablassenden Haltung fort, als würde er, stünde der Tisch nicht dazwischen, Tsugami gar noch die Hand reichen.

»Ich bin heute mit einer Bitte gekommen ...«

Aus seiner Stimme war keinerlei Spott oder Verachtung zu entnehmen, doch verrieten weder Worte noch Miene eine Spur von Mitleid oder Sympathie. Miura war ganz einfach einer eigenen Angelegenheit wegen erschienen, die er mit Tsugami besprechen wollte.

»Wie ich hörte, werden Sie nach der Veranstaltung ein Feuerwerk abbrennen lassen – könnten den Feuerwerkskörpern nicht etwa hundert Gutscheine beigefügt werden, die man gegen mein Seiryô eintauschen kann? Ich möchte jedem, der einen solchen Schein aufliest, am Ausgang des Stadions ein Päckchen Seiryô schenken. Dafür wäre ich bereit, die Kosten des Feuerwerks zu tragen!«

»Gut. Ich werde den Mann herrufen, der mit dem Feuerwerk beauftragt ist. Unterhalten Sie sich mit ihm über die Einzelheiten. Tun Sie nach Belieben hundert oder zweihundert Gutscheine dazu und lassen Sie sie in die Höhe schießen. – Wegen der Kosten des Feuerwerks brauchen Sie sich keine

Gedanken zu machen. Wir begrüßen Ihren Vorschlag, er belebt das Ganze ...«
Tsugami hatte kaum zu Ende gesprochen, da wandte sich Miura in Richtung des Spielfelds und streckte einen Arm in die Höhe. Daraufhin eilten zwei Männer herbei, die offenbar seiner Firma angehörten. Als er zu Tsugami zurückkehrte, sagte er, er habe den zwei Leuten alles übertragen, man möge diesen nun entsprechende Weisungen erteilen, er selber müsse sich jetzt verabschieden, da er zu tun habe. Mit diesen Worten eilte er weg, ohne auf den Kampfplatz auch nur einen Blick zu werfen.
Tsugami spürte, während er mit Miura sprach, eine seltsame Gespanntheit in sich. Seine Worte klangen kalt, seine ganze Haltung war steif, und gerade weil er sich bewußt distanziert geben wollte, erschien er besonders hart. Was hatte Miura, überlegte er, so Befremdliches an sich? Wie kam es, daß er ihn mit solcher Heftigkeit als seinen Feind empfand? Ihn befiel erneut das Unbehagen, das ihn schon bei der ersten Begegnung ergriffen hatte, aber er erkannte nicht, daß ihn nicht etwa die gefühllose Selbstsucht und der Rationalismus dieses Mannes abstießen, der stets auf geradezu ärgerlich klaren Lösungen bestand, und ihn auch nicht dessen von einem allzu starken Willen beherrschten, arroganten Augen störten, sondern

etwas ganz anderes Schuld daran trug. Das Miura von Geburt an mitgegebene Schicksal, dank dem ihm bei allem, was er tat, das Glück hold war, und das hierzu völlig gegensätzlich angelegte Schicksal Tsugamis, das nur allzu leicht auf Katastrophen hin tendierte, waren von Grund auf unvereinbar. Tsugami haßte den Mann, der ihm mit Notwendigkeit überlegen war.

Als Tsugami nach einer Weile dahin sah, wo die Stiere angebunden standen, entdeckte er zu seiner Verblüffung in der Zuschauermenge Okabes kleine Gestalt. Zusammen mit Tashiro begutachtete er die Stiere, blieb vor jedem eine Weile stehen und schritt dann zum nächsten weiter. In gewissem Abstand folgte den beiden eine Gruppe aus mehreren Männern. Okabe selbst war Tsugamis Blicken durch die an ihm vorüberströmenden Zuschauer immer wieder kurz entzogen, aber seine kleine, europäisch gekleidete Gestalt war, sobald sie auftauchte, von den schrägen Strahlen der Nachmittagssonne übergossen und schwebte mit einem Tsugami unbekannten, völlig neuen Schweregefühl müßig durch die Menge. Tsugami mußte daran denken, daß eine gewisse Zahl der zweiundzwanzig Stiere nicht nach der Stadt W zurückkehren würde. Und plötzlich kam ihm die Sorglosigkeit mit der er bisher das Problem eines Ankaufs der Stiere durch Okabe betrachtet hatte, komisch vor. Fünf, zehn oder vielleicht gar alle Stiere wurden hier geschlachtet, kehrten nicht mehr zurück... Tsugami betrachtete diesen kleinen Mann Okabe, der mit verschränkten Armen vor einem Stier stand und zu den Erklärungen, die ihm jemand gab, großzügig nickte, weniger mit Zorn als mit erbarmungsloser Kritik an sich selbst.

Der als große Attraktion angekündigte Kampf zwischen dem Mitani- und dem Kawasaki-Stier währte nun schon über eine Stunde, aber wem der Sieg zufiel, war noch lange nicht abzusehen. Mit ihren riesigen Leibern unter wildem Geschnaube auf und ab wogend, die Hörner ineinander gerammt, veränderten beide nur hin und wieder leicht ihren Standort, drängten einander von der Mitte des Kampfrings zum Rand und vom Rand zur Mitte – das Gleichgewicht der Kräfte schien nicht so schnell gebrochen werden zu können. Da dieses auf die Dauer monotone Ringen schon zu lange währte, gab eines der Ausschußmitglieder zu bedenken, ob man den Kampf nicht als »unentschieden« bewerten und damit abbrechen sollte. Schließlich einigte man sich auf Tsugamis Vorschlag, es möchten die Zuschauer durch Händeklatschen selbst entscheiden, ob mit einem »Unentschieden« der Kampf beendet oder bis zu einem Sieg weitergeführt werden solle.

Kurz darauf, wohl weil sie von dieser Diskussion vernommen hatte, erschien in großer Hast Hana Mitani, ein Einschlagtuch um den Hals gewickelt, bei Tsugami. Sie wünsche, daß man die beiden Stiere weiterkämpfen lasse, man sollte doch das natürliche Ende dieses Ringens abwarten und dürfe keinesfalls mit einem »Unentschieden« mittendrin Schluß machen. Sie sah, während sie das in sehr forderndem Ton vorbrachte, infolge der nun schon sehr lange währenden Anstrengungen ziemlich bleich aus.

»Wer von den beiden Tieren siegt«, erklärte sie abschließend, »ist ja ohnehin jedermann völlig klar!«

Im gleichen Augenblick verkündeten die Lautsprecher, man wolle die Zuschauer durch Händeklatschen selbst entscheiden lassen, ob der Kampf für »unentschieden« erklärt oder so lange dauern solle, bis eines der Tiere das andere besiegt hatte.

»Wer von den Anwesenden für ›Unentschieden‹ plädiert, soll bitte sofort klatschen!«, hieß es in den Lautsprechern. Von den Tribünenplätzen rings um das Spielfeld erhob sich Händeklatschen, doch war erstaunlicherweise nicht einmal ein Drittel aller Zuschauer daran beteiligt. »Nun mögen die klatschen, nach deren Meinung bis zum Ende weitergekämpft werden soll!«, war jetzt die Stimme des Ansagers zu hören, und da stieg von

überall her ein unvergleichlich lauteres Klatschen auf. So war also entschieden, daß, wie Hana Mitani es wünschte, der Kampf weiterging.
Mit den Worten, er komme gleich wieder, erhob sich Tsugami von seinem Platz und stieg die linke Innenfeld-Tribüne empor. Es war ihm plötzlich eingefallen, daß nachmittags Sakiko kommen und in der obersten Reihe der Innenfeld-Tribüne auf ihn warten wollte. Doch Sakiko saß schon länger als eine Stunde in einer Ecke der rechten Innenfeld-Tribüne, ziemlich nahe den Plätzen für die Ausschußmitglieder. Sie empfand für den Stierkampf nicht das mindeste Interesse. Sie konnte Tsugami nicht begreifen, daß er eines so furchtbar monotonen, zähen und höchst unmodernen Wettkampfes wegen sich so abgeplagt hatte. Sie blickte immer weniger zu dem Kampfring als zu Tsugami hin, der auf einem der für die Ausschußmitglieder reservierten Plätze saß. Der Tsugami dort war nicht der verzweifelte Mann, der sich vorgestern stumm und mit seinem ganzen Sein ihren Armen anvertraut hatte. Aus seinem Profil und auch seinen Bewegungen, wenn er sich mit jemanden unterhielt oder Weisungen gab, sprühte munteres Leben, eine Frische, die für ihn charakteristisch war. Sakiko glaubte seine für einen jungen Journalisten in leitender Stellung erforderliche Energie selbst aus der Ferne deutlich zu spüren. Vor-

gestern hatte sie irgendwo in Tsugamis Herzen bestimmt einen festen Platz eingenommen. Tsugami hatte einen Abgrund in sich, der von niemandem außer ihr ausgefüllt werden konnte. Ihre Überzeugung von gestern, daß sie für ihn eine Frau war, die er auf gar keinen Fall entbehren konnte, erschien ihr jetzt unwirklich wie ein Traum. Der da vorne auf einem der Plätze für die Ausschußmitglieder sitzende Mann war der egoistische, normale Tsugami, der sie, wenn er wollte, ohne weiteres für ein ganzes Jahr vergessen konnte. Nun war alles zu Ende. Er kehrte bestimmt nie wieder zu ihr zurück. Aus irgendeinem Grund hatte sich dieses Gefühl zu einer unerschütterlichen Gewißheit verwandelt.

Sie stieg, Tsugami folgend, die linke Außenfeld-Tribüne empor. In der letzten Reihe nahmen sie beide Platz.

»Du bist also gekommen! Hast mich nicht vergessen?«

Es war dies von ihr nicht etwa ironisch gemeint. Der Mann Tsugami von heute erschien ihr so fern, daß ihr diese Worte wie von selber über die Lippen gekommen waren.

»Mit dem letzten Händeklatschen ist entschieden worden, daß man den Kawasaki- und den Mitani-Stier bis zum Ende weiterkämpfen läßt – ich glaube, das waren nun etwa siebzig Prozent der

Zuschauer. Überlege einmal! Siebzig Prozent der Leute da langweilt sich bei diesem öden, traurig monotonen Kampf nicht!«, sagte er plötzlich, nachdem er mit einem stechenden Blick, bei dem nicht klar war, ob er feindselig oder verächtlich gemeint sei, umhergesehen hatte. Dann blickte er flüchtig aber scharf Sakiko in die Augen und fuhr fort:

»Also so viele Menschen wetten bei dem Stierkampf! Es geht ihnen dabei gar nicht um den Sieg oder die Niederlage eines Stiers, sondern sie wollen für sich selber Sieg oder Niederlage entschieden haben ...«

Ein leichtes Lachen zuckte um seinen Mund. Sakiko erschien es erschreckend kalt. Wenn Tsugami von »Wetten« sprach, so hatte doch vor allem die Zeitung ihr Schicksal aufs Spiel gesetzt, und auch Tashiro wettete, und ebenso hatten Omoto und Hana Mitani gewettet.

»Ja, alle wetten! Nur du allein willst nichts aufs Spiel setzen!«, entschlüpfte es ihr so unerwartet, daß sie, nachdem die Worte ausgesprochen waren, erschrak. Tsugamis Augen schimmerten flüchtig auf. Es waren stolze Augen, in denen irgendwo aber auch Traurigkeit wohnte.

»Ich weiß nicht warum, aber ich empfinde das so. Wenn ich dich heute so betrachte ...«, fügte sie hinzu, um das, was ihr zu ihrer eigenen Verblüffung entfahren und was scharf wie ein Rasiermesser war, nachträglich zu verteidigen, aber plötzlich spürte sie ein heftiges Gefühl, von dem sie nicht wußte, ob es Trauer oder Zorn war, und sie hätte sich am liebsten impulsiv an Tsugamis Brust geworfen. Doch hatte sie diesmal unzweifelhaft voll Haß gesprochen.

»Du hast von Anfang an nichts aufs Spiel gesetzt. Du kannst das gar nicht!«

»Tja, und du?...«, fragte er unwillkürlich zurück. Sakiko zuckte bestürzt zusammen. Dann verzog sie ihr Gesicht, das plötzlich so bleich wurde, daß sie es selber spürte.

»Selbstverständlich habe auch ich gewettet!«, erwiderte sie, wobei sie jedes Wort deutlich betonte. Ja, sie hatte in der Tat gewettet. In dem Augenblick, als Tsugami »und du?« fragte, setzte sie das leidvolle und langwierige Problem, ob sie sich von diesem Mann für immer trennen solle, impulsiv auf den Ausgang des da unten in der Mitte des Rings stattfindenden Kampfes: siegte der rote Stier, wollte sie Tsugami verlassen.

Sakiko ließ ihre Blicke erneut über den Platz schweifen. Im Ring standen die beiden Stiere – der rote und der schwarze – unbeweglich wie ein Standbild. Über den Kampfring und die den Bambuszaun umgebende Menge schien nun, nachdem der Regen aufgehört hatte, die kalte

Wintersonne. Die Treiber schlugen den beiden Tieren auf das Hinterteil und die Flanken, um sie aufzureizen. Flatternd wehten die Banner im Wind, die Lautsprecher wiederholten monoton die gleichen Worte, sie riefen mit einer Stimme, die nach Ermattung, Zorn und Klage klang. Auf den Tribünen herrschte ungewöhnliche Stille. Man vernahm keinerlei Lachen, keine Stimmen, unbewegt starrten die Zuschauer auf den Ring hinunter. Plötzlich verwandelte sich die dunkle Kälte, die – stagnierend wie die Abenddämmerung – das Stadion einhüllte, in fast unerträgliches Leid und schnürte Sakikos Brust zusammen.

In diesem Augenblick geschah es. Die in dem Stadion herrschende Stille brach in sich zusammen, mit lauten Ausrufen erhob sich die Menge wie ein Mann von ihren Sitzen. Das zwischen den beiden Stieren bestehende Gleichgewicht war offenbar zerbrochen, der eine, von wilder Angriffslust fast berstende Sieger rannte, außerstande sein überschäumendes Triumphgefühl zu unterdrücken, innerhalb des Bambuszauns im Kreis herum. Sakiko konnte nicht gleich erkennen, welcher der beiden Stiere den Sieg davongetragen hatte. Sie zügelte ihren Impuls, sich an Tsugamis Schulter zu lehnen, und sah nach wie vor zum Ring hinunter. Dort rannte das grell braunrote Lebewesen, das mit seinem Körper in dem Sumpf eines ununterdrückbaren Leides, der das riesige hufförmige Stadion zum Überlaufen gefüllt hatte, herumrührte, noch immer wunderlich im Kreise.

Von Yasushi Inoue
erschienen im Suhrkamp Verlag

Das Jagdgewehr. Aus dem Japanischen von Oskar Benl. 1964. 98 S. *Bibliothek Suhrkamp* Band 137

Die Eiswand. Roman. Aus dem Japanischen von Oskar Benl. 1968. 420 S. Ln. (lieferbar als *suhrkamp taschenbuch* Band 551)

Eroberungszüge. Gedichte. Aus dem Japanischen übersetzt und mit einem Nachwort versehen von Siegfried Schaarschmidt. 1979. 230 S. *Bibliothek Suhrkamp* Band 639

Das Tempeldach. Aus dem Japanischen von Oskar Benl. 1981. 240 S. *Bibliothek Suhrkamp* Band 709